Adolf August Friedrich Rudorff

Friedrich Carl von Savigny

Adolf August Friedrich Rudorff

Friedrich Carl von Savigny

ISBN/EAN: 9783743651500

Hergestellt in Europa, USA, Kanada, Australien, Japan

Cover: Foto ©Raphael Reischuk / pixelio.de

Weitere Bücher finden Sie auf **www.hansebooks.com**

Friedrich Carl von Savigny.

Friedrich Carl von Savigny.

Erinnerung

an

sein Wesen und Wirken.

Von

Adolf Friedrich Rudorff.

(Abdruck aus der Zeitschrift für Rechtsgeschichte II. 1.)

Weimar

Hermann Böhlau

1862.

Am 25. October 1861 ist der Königlich Preußische Staats=
minister, Ritter des hohen Ordens vom schwarzen Adler u. s. w.
D. Friedrich Carl von Savigny im 83sten Jahre seines Lebens
in Berlin verstorben.

Sein öffentliches Wirken hatte schon mehrere Jahre vorher
aufgehört, der glänzende Name des ersten civilistischen Rechtsleh=
rers war dem jetzt lebenden jüngern Geschlecht nur noch durch
mündliche Ueberlieferung des ältern oder durch Schriften bekannt,
selbst sein Tod durfte in solchem Alter kein unerwartetes, unter
den angegebenen Umständen kein eingreifendes Ereigniß mehr ge=
nannt werden.

Dennoch ist durch dieses Ereigniß eine große öffentliche und
eine noch größere stille Theilnahme hervorgerufen worden.

In seltener Einmütigkeit haben weite Kreise, im Süden wie
im Norden unsers vielfach zerrissenen Vaterlandes, den Lorbeer des
Nachruhms auf Savigny's frisches Grab gelegt. Und in einem noch
ungleich weiteren Kreise ist ihm unvergessen geblieben, daß in seinem
Wirken, wenn auch zunächst nur für die beschränkte Sphäre des bürgerlichen Rechts, ein Theil der Culturgeschichte unseres Volkes beschlossen
liegt, und daß sein Heimgang nicht nur ein einzelnes Menschenleben
von seltener Kraft und Dauer, sondern zugleich eine unvergeßliche
Vergangenheit im Leben der deutschen Nation abgränzt. Denn wenn
unser Volk zwei Lebensmomente zählt, in denen der Puls seines

1

geiftigen Dafeins höher und mächtiger geschlagen hat, als in den vorangegangenen langen Stockungen, so sind es die Zeiten seiner Reformation und seiner Freiheitskämpfe gewesen: diese letztern aber waren es, mit denen auch der Höhepunkt von Savignys eingreifendster Thätigkeit zusammenfiel.

Wenn ein Leben von so hoher und allgemeiner Bedeutung abgeschlossen ist, so wird es Pflicht aller Derer, die ihm persönlich näher gestanden haben, den Mitlebenden und der Nachwelt Zeugniß abzulegen über die eingreifenden Wirkungen, die es hervorgebracht, da nur sie durch unmittelbare Anschauung hierzu befähigt sein können.

Diese Pflicht habe ich für einen großen und wichtigen Abschnitt in Savigny's Leben als mir geboten anerkannt und ich empfinde sie um so lebhafter, je inniger die persönliche Beziehung gewesen ist, die mir während jenes Lebensabschnitts als eine Wohlthat zu Theil geworden, die ich nicht dankbar genug zu erkennen vermag.

Ist es mir gestattet, auf diese glückliche Fügung mit einigen Worten einzugehen, so darf ich nicht unerwähnt lassen, daß es mein Lehrer Ribbentrop in Göttingen war, von dem ich einst den ersten erfrischenden Eindruck jener tiefern historischen Behandlung des römischen Rechts empfing, die er selbst, lebendig ergriffen und ergreifend, aus Savigny's Schule in die Georgia Augusta übertrug, als ich im Winter 1820 dort unter seinen ersten Zuhörern war.

Der Eindruck war so nachhaltig, daß selbst Eichhorn's imponirende Neuschöpfung des deutschen Rechtsgebiets den Zug nach den edleren Gebilden des classischen Rechts und den lebhaften Wunsch, in dieses unter Savigny's Leitung tiefer einzubringen, nicht in mir zu unterdrücken vermogte. Die damalige Jugend hatte für die Geistesgrößen jener unvergeßlichen Zeit eine warme Empfindung. Dieser Zug war es, der Eckermann im Herbst 1823 in Göthe's persönliche Nähe führte, wie er, zu gleicher Zeit, ja sogar von demselben Ort aus, mich selbst eben so unwiderstehlich getrieben hat, zu den Füßen Savigny's meine bereits in Göttingen vollendeten Studien des römischen Rechts gleichsam von Neuem zu beginnen.

Savigny stand damals auf der Höhe voller Mannskraft, es war die glänzendste Zeit seines Wirkens. Der sittliche Adel seiner Persönlichkeit, sein zu eigenem Denken und Forschen in unvergleichlicher Weise anregender Unterricht und Gedankenaustausch haben auf mich eingewirkt, wie nichts Anderes in meinem Leben, und im vollstem Maße ist gerade mir die in solchem Grade nur ihm eigene selbstlose Güte zu Theil geworden, mit der er junge aufstrebende Kräfte in der edelsten Weise zu fördern wußte. Dankbar gedenke ich der reichen Schätze seiner seltenen Bibliothek, der hohen Sitte der in jener Zeit an hervorragenden Persönlichkeiten gerade besonders reichen geselligen Kreise seines gastlichen Hauses in die er mir den Zutritt gestattete, und als ein theures Denkzeichen bewahre ich die Torellische Florentina wie die Benetianer Corpus-Juris-Ausgabe von 1606, die er damals „als eine Art von Heckethaler" in meine Bibliothek gestiftet hat. Als ich bald darauf selbst als Lehrer und Schriftsteller auftrat, ist mir seine eingehende und belehrende Theilnahme an meinen Arbeiten die belebendste Ermunterung und so lange er an der Berliner Hochschule wirkte, seine Thätigkeit das edelste Vorbild geblieben. Ziemt es sich für mich, der unbeschreiblichen Güte des hohen Mannes und meinem dieser Güte entsprechenden Gefühl dankbarer Pietät diesen Namen zu geben, so ist seine Freundschaft eines der theuersten Güter meines Lebens geworden und das Andenken an dieses unvergängliche Gut, welchem hier einen öffentlichen Ausdruck zu geben mir Bedürfniß war, mildert jetzt die schmerzliche Empfindung, daß die irdische Erscheinung hinweggenommen ist, welche jener beglückenden Zuneigung bis in die letzte Lebensstunde den liebreichsten Ausdruck zu geben vermögt hat.

Wenn ich unter dem Eindruck eines persönlichen Verhältnisses, wie des so eben berührten, Savigny's Lebensbild von seinem geschichtlichen Hintergrunde abzuheben versuche, so könnte das Bedenken eintreten, ob nicht die Treue des Schülers und Freundes die Treue der Zeichnung gefährden werde. Allein diese persönliche Empfindung würde höchstens die Wärme des Tons zu erhöhen vermögen. Abweichung von der einfachen Wahrheit der edlen Züge, in der Absicht gewagt, durch eine andere Vertheilung von Licht und Schatten eine Verschönerung zu versuchen, deren sie nicht bedürfen, würde das öffentliche Gewissen verletzen, dessen Vertretung die erste Pflicht der Wissenschaft ist. Ja, ein solches Unternehmen wäre sofort ausgeschlossen durch Savigny's eigene Darlegungen, in welchen wir ihn um so lieber selbst zu uns reden hören werden, als er die sittlichen und wissenschaftlichen Grundgedanken seines Lebens in durchsichtigster Klarheit öffentlich ausgesprochen hat.

Savigny's Familienname klingt französisch an, die Gelehrten=
geschichte Frankreichs rühmt einen Christophe de Savigny, Sire
de Savigny, einem Rittersitz im Retelois in der Champagne als
Erfinder bildlicher Veranschaulichungen der Wissenschaftslehre vor
Baco; Klarheit und geschmackvolle Gewandung des Gedankens gel=
ten unsern überrheinischen Nachbarn ohnehin für so eigenthümliche
Vorrechte französischer Geistesart, daß sie selbst Leibniz uns ab=
streiten mögten und kaum erst die führenden Geister deutscher Phi=
losophie in den beiden folgenden Jahrhunderten unbeansprucht als
deutsche gelten lassen: Gründe genug, den fertigen Ruhm Savigny's
dem Ruhme Frankreichs hinzuzufügen, zumal wenn selbst auf deut=
scher Seite das Vorurteil jenem Anspruche Vorschub leistet, welches
hinter dem romanisch lautenden Geschlechtsnamen eine französische
Flüchtlingsfamilie vermutet, die nach dem Widerruf des Schutz=
briefs von Nantes zu uns übersiedelt wäre.

Darum verdient es betont zu werden, daß die Vorältern Sa=
vigny's zu keiner Zeit Frankreich angehört haben, daß sie einem
Grenzland entstammten, welches ein altes Gebiet des deutschen
Reiches war und daß, als dieses Gebiet an Frankreich verloren
ward, sie wenigstens es längst verlassen hatten.

Savigny's Familie gehörte zu den acht oder zwölf nächst
ältesten Geschlechtern der von Alters erbgesessenen Ritterschaft
des Herzogthums Oberlothringen und somit zum burgundisch=lo=
thringischen Reichsadel des deutschen Kaiserthums. Sie stammte
von den Grafen von Metz, Lüneville und Dachsburg. Im lothrin=
gischen Amte Charmes, wo im Stromgebiet der Mosel auf dem
linken Ufer der Nebenfluß Colon in den Madon einmündet, liegt
das feste Schloß und die Herrschaft Savigny.[1]) Ein Grabstein

---

[1]) Description de la Lorraine par M. Durival (1779) II. p. 148.
Savigny. Portoit: de queulles, à trois lions d'or. Ce village est
à gauche du Colon, une lieue et demie avant son embouchure dans
la rivière de Madon, et a pareille distance de Charmes; il est sur le
penchant d'un côteau et composé d'environ 60 feux. L'église paroiss-
iale est du diocèse de Nancy, patron St. Brice.
Le chateau de Savigny à quelque distance du village et plus près
du Colon, est le chef-lieu d'une terre ancienne, possédée autrefois par
la maison qui en portoit le nom. Elle est à présent éteinte: c'etoit
une branche de celle de Parroye, qui descendoit des comtes de Metz
et de Lunéville. Le maréchal de Rosne, au tems de la ligue, étoit de
la maison de Savigny. Cette seigneurie est actuellement à la maison

in der nahen Cisterzienserabteikirche Beaupré an der Meurthe aus dem Jahre 1312 meldet, daß die Familie seit diesem Jahre nach jener Herrschaft sich zu schreiben angefangen habe*). Allein diese Nachricht ist nicht genau. Schon 1353 ernannte Kaiser Heinrich VII. von Luxemburg bei dem Römerzuge den kriegstüchtigen burgundischen Ritter Johann von Savigny zum Capitan von Rom*). Ja der noch erlauchtere Name jenes Andreas von Savigny, welcher 1191 und 1192 an Richards Seite gegen Saladin kämpfte, knüpft sich an jenen heimatlichen Rittersitz*).

de Choiseul. Le château a encore une partie de ces fortifications, la chapelle castrale, de belles dépendances et une vue très-agréable. Il a été rebâti en partie et orné à la moderne.
*) Nach Augustin Calmet, Abbé de Senones, Notice de la Lorraine Tom. II. pag. 433 lautet die Inschrift wörtlich: „Cy git noble Baron, messire Varry de Parroye, sire de Savigny, qui premier s'en surnomma et étoit fils de messire André de Parroye, descendu directement des Comtes de Metz, de Lunéville et de Dasbourg, premiers fondateurs de l'eglise de ce lieu, inhumé dans cette dite Eglise le jour de Pâques Fleuries l'an M. CCC. LIII. et etoit sa femme Madame Isabelle de Belrain. Priez Dieu pour eux." Diese Abstammung erklärt zugleich das Geschlechtswappen, welches schon der in der folgenden Note erwähnte Johann von Savigny führte und welches von dem der Herrschaft Savigny (Note 1) abweicht.
*) Nicolaus de Butranto bei Muratori scriptores rer. Ital. Tom. IX. p. 920 und Ferretus de Vicenza daselbst p. 1112. Barthold Römerzug Heinrichs von Luxemburg 1312 S. 229,276. 392. Luigi Pompili Olivieri il senato Romano. Roma 1810 p. 231. „Il popolo elesse a Capitano uno de' Militari di Enrico, Giovanni di Savigny, di Nazione Borgognone, perchè avesse in cura il Campidoglio sintantochè dal Papa fosse stato eletto il nuovo Senatore." Ferretus von Vicenza fügt noch folgenden Schlachtbericht hinzu: „Ecce Johannes de Savegnano (l. Savigney), qui Urbanus Senator curules sub Augusto possederat, inde fugatus ab hostibus, permittente Sarra (sc. Columna) tunc castris appulit (sc. Imp. Henrici VII. ante Florentiam a 1312). Sed hic, cum Regis alas sibi commissas e Perrusinis fictas duceret, ab hostibus improvise circumventus acriter dimicavit, hosque viriliter superans, permittente fato, minoribus copiis victor effudit, quosque captivos in vinculis dedit, usque Cortonam trahens, Populo custodiendos tradit. Ceterum in traiectu iuxta montem Politianum onagros multos cum ipsis rerum sarcinis praedonum incursu spoliatos amisit. Haec in castra delatus transfuga idem Caesari refert."
*) Wilken, Geschichte der Kreuzzüge IV. Theil (1826) S. 437, 456, 500, 543, 552, 578 nach Anselmi Gemblacensis Chron. Aquicinct. in Pistorii Script. rer. Germ. Tom. 1 p. 1000. Nach andern Quellen hieß der Eroberer von Darum und Begleiter Richard's von England auf dem Zuge nach

Die Familie war in Lothringen weit verzweigt, reich begütert⁵), mit den höchsten Staats- und Kirchenämtern des Herzogthums betraut⁶) und erscheint, so lange die merkwürdige feudale, aber dort volksthümlich gebliebene Rechtsverfassung des Landes⁷) unversehrt blieb, bis tief gegen die Zeiten des dreißigjährigen Kriegs hinab unter den Landgerichtsschöffen,⁸) die auf den Affisen des eigentlichen Lothrin-

---

Ascalon: de Chamgni, Chavegni, de Chevelgni. Allein dies ist ein Schreibfehler: Chavigny im Amte Nancy war niemals Herrschaftssitz.

⁵) Calmet l. c. „Cette maison étoit de l'ancienne Chevalerie de Lorraine et très distinguée par ses grands biens et ses emplois.

La maison de Savigny fut partagée en plusieurs branches:
1° Savigny, seigneur de Tonnoy, Valfrancourt et Dombâle,
2° Savigny Laymont.
3° Savigny seigneur de Rhosne, Vicomte d'Estoges, Marquis de Bellay et seigneur d'Anglure."

Die Güter der zweiten Linie wurden später noch erweitert durch Claude de Luxembourg Wittwe Johann's von Savigny, Geneschals von Bar und Mutter Warry's von Savigny, Baillis von Clermont. Calmet l. c. 2, p. 756.

⁶) Augustin Calmet, Histoire ecclesiastique et civile de Lorraine Nancy 1728 II, 1134. 1154. 1283. 1288. CCXXX. CCXXXI. CCXLVI. CCXLIX. III, XXXIX: XLVI, c.

Einzelne Daten ergeben auch: Recueil des Arrets de la Chambre Royale de Metz pour la réunion. Paris 1681 pag. 34.

Ungedruckte Nachrichten aus der ältern Familiengeschichte enthält das Provinzialarchiv zu Coblenz.

⁷) Eine genauere Darstellung der ständischen und Gerichtsverfassung giebt die Histoire de la réunion de la Lorraine à la France par M. le Comte d'Haussonville Tom. 1 Paris 1854 p. 427—453. Einen rechtlichen Vorzug der vier Familien du Chatelet, de Lénoncourt, de Haraucourt und de Ligneville kennt er nicht: „la distinction entre les grands et les petits chevaux (den großen und kleinen Ritterpferden) et le reste de la noblesse, etait une pure affaire de convention, de mode et de fantaisie, qui n'affectait en rien le fond des choses, et à laquelle ces familles elles mêmes n'attachaient aucune importance."

⁸) Auf den Affisen zu Nancy erscheint Georges de Savigny noch am 6. April 1592 als einer der sieben Landgerichtsschöffen aus der alten Ritterschaft. d'Haussonville l. c. p. 443 Note 1. Ein Jugement rendu à Nancy, l'an 1593 touchant Chastel lez Sailly, par lequel le dict Chastel est déclaré franc alleu, sur la difficulté d'entre le sieur de Savigny et procoureur général de Barrois ist erwähnt im Recueil des Documents sur l'histoire de Lorraine. Nancy 1857 Tom. 3. p. 222 No. 19. Die coutumes générales de Lorraine a Metz par Brice Antoine, 1697

gens, der Vogesen und des deutschen Amts, des bailliage d'Allemagne im Sinne der altlothringischen Landesverfassung, zu Nancy, zu Mirecourt und in dem noch heute zu Preußen gehörenden Walderfingen, nach dem alten und neuen Gewohnheitsrecht des Landes[9]) kostenfreies Recht zu weisen hatten. Mogte dieses Geschlecht dem romanischen Culturgebiet des Herzogthums entstammen: bei der Zersetzung des lothringischen Rechtszustandes ist es gleichwohl nicht mit dem Lande zu Frankreich, sondern gleich dem Fürstenhause zu Deutschland gestanden.

Diese Wendung brachte auch ihm der dreißigjährige Krieg.

Im Jahre 1630 führte Graf Philipp von Leiningen-Westerburg (anscheinend Kraft älterer verwandschaftlicher Beziehungen) den achtjährigen Paul von Savigny, den Sohn Peters von Savigny und Susanna's de Berçon, der protestantischen Religion wegen aus seiner Vaterstadt Metz mit sich nach Deutschland, ließ ihn hier in seinem Lande mit dem eigenen Sohne, dem Grafen Ludwig Eberhard von Leiningen erziehen und vertraute ihm, nachdem er Anfangs noch im französischen, bald darauf aber im schwedischen Heer unter Wrangels Befehl den Schutzmächten des deutschen Protestantismus gedient, die kleine, später von den Franzosen geschleifte deutsche Gränzfestung des sogenannten Residenzhauses Alt-Leiningen an. In dem Leiningenschen Lehen Calestadt erwarb er Grundbesitz auf deutschem Boden und nach seinem noch vorhandenen Denkmal in der Kirche zu Kirchheim in der Grafschaft Alt-Leiningen fand er dort ein Grab in deutscher Erde[10]). In Frank-

---

pag. 165 erwähnen auf dem Landtage zu Nancy am 1. März 1594 „George de Savigny Sieur du dit lieu et chevalier de l'Ordre de France".

[9]) Die Coutumes générales anciennes et nouvelles du duché de Lorraine pour les bailliages de Nancy, Vosge et Allemagne. Treves 1847 sind in der „Neuen Sammlung sämmtlicher in der Preußischen Rheinprovinz für Rechtspflege und Verwaltung Geltung habenden Preußischen Gesetze und Verordnungen" wieder abgedruckt. Eine deutsche Bearbeitung erschien unter dem Titel „die gemeinen Landtsbräuche der dreyen Nemlich Nancäischen, Vogischen und Teutschen Bällisthümben in Lotharingen. Aus der Frantzösischen in die Teutsche gemeine Sprach durch Johan Huart — verdolmetschet und folgends durch etliche Rechtserfarne übersehen und verbessert". zu Franckfurt am Main 1599. Sie war ohne Zweifel für das deutsche Amt (bailliage d'Allemagne) das kleinste unter den drei alten Aemtern, bestimmt.

[10]) Die Grabschrift lautet: Paulus de Savigny, Petri de Savigny et

reich gilt fortan die Familie als erloschen [11]), ihre reichen Besitzungen, darunter das Stammhaus und die Herrschaft Savigny sind nach den Berichten lothringischer Schriftsteller an die Bassompierre's und Choiseul's übergegangen. Dankbar und treu haben die deutschen Savigny's ihrem deutschen Vaterlande jene Aufnahme vergolten.

In der trüben Zeit nach dem westphälischen Frieden, als das durch den langen leidenschaftlichen Bürgerkrieg geschwächte Kaiserhaus so wenig wie das vertriebene lothringische Fürstenhaus sich der französischen Unbilden mit den Waffen des Kriegs zu erwehren vermochte, als nur im fernen Nordosten die straffe Energie des großen Kurfürsten die schwedischen Eindringlinge von der deutschen Erde vertrieb, in jener Zeit der verfallenden hierarchisch-feudalen Universalmonarchie und der in der nationalen Individualisirung des brandenburgischen Kurstaats keimenden neuen Staatsidee, hat Savigny's Aeltervater, der Sohn jenes aus Metz geflüchteten Paul von Savigny, Ludwig Johann von Savigny, Fürstlich Nassauischer Geheimer Rath und Präsident zu Weilburg, furchtlos und kraftvoll mit den Waffen des Geistes und Rechts gegen die Uebermacht Ludwigs des Vierzehnten gestritten. Sein Buch gegen die Reunionskammern, seine Dissolution de la réunion ist mit einem Nachdruck und einer Kühnheit der Sprache geschrieben, [12]) als ob es nicht 1692 in den

---

Susannae de Berçon filius, natus Metis d. VI Jun. A. 1622 denatus Kirchheimii d. 27. April 1685 primum inter Suevos Signiferi post apud Leiningenses Comites Summi Saltuum praefecti munus administravit. Praeclarum in terris nomen post fata reliquit. Spiritus in summo vivit oratque polo.

[11]) Calmet, Notice de la Lorraine II, p. 433. „La Maison de Savigny est aujourdhuy éteinte". Durival Note 1 cit.

[12]) Gleich im Eingange sagt er:

„C'est l'ambition dereglée de ce Prince qui le fait manquer à toutes ses paroles et à toutes ses promesses, il y sacrifie son Dieu, son honneur, et sa conscience, on ne se soucie pas par quelle voye, ou de quel droit on entreprend une chose, pourveu qu'on en vienne à bout, et qu'on puisse étendre ses limites.

Là grande prosperité et le bonheur, qui ont depuis plusieurs anneés accompagné ses entreprises, l'ont tellement éblouy, qu'il n'a plus rien trouvé d'injuste ny d'impossible, et ne s'estant pas contenté d'avoir si considerablement aggrandy les bornes de son Royaume, d'avoir remply ses coffres de sommes prodigieuses, et de regner et gouverner ses Princes et son Peuple plus souverainement, que pas un de ses Predecesseurs ait jamais pû faire, il a aussy voulu estre l'arbitre de tous se

Zeiten unserer Demütigung, zwischen den Tagen von Nimwegen und Ryßwick, auf welchem letztern sein Verfasser den am stärksten gemißhandelten oberrheinischen Kreis vertrat, sondern wie wenn es mitten im Aufschwung der Nation in den preußisch-deutschen Freiheitskriegen erschienen wäre. Die treueste und entschiedenste monarchische Gesinnung hat den Verfasser jener Schrift nicht gehindert, sämmtliche Eide, welche die burgundischen, lothringischen und elsässischen Reichsstände der Krone Frankreich zu Metz, Colmar und Besançon hatten schwören müssen, für nichtig und unverbindlich zu erklären, erzwungen und erschlichen durch die tyrannische und ländersüchtige Politik des vierzehnten Ludwig, in deren Gutheißung auf jenem Tage zu Ryßwick unser Vaterland und Volk die schwere aber wohl verdiente Buße seiner innern Zwietracht entrichten mußte [12]).

Der Sohn dieses wackern Vertheidigers deutscher Ehre und Integrität, Savigny's Großvater Ludwig von Savigny, schlug noch einmal, wie nach ihm kein Späterer seines Geschlechts, die kriegerische Laufbahn ein: er diente als Freiwilliger unter dem kaiserlichen General Rehbinder bei der Entsetzung von Turin, lenkte aber bald nach des Vaters Vorbilde in eine politisch administrative Thätigkeit um. Er begann die letztere als Gräflich Nassau-Saarbrückenscher Rath, trat dann als Pfalz-Birkenfeldischer Regierungsrath zu Trarbach in pfälzische Dienste und beschloß seine Wirksamkeit als Pfalz-Zweibrückischer Cabinetsminister. Durch seine Ehe mit der Tochter des Hessen-Hanauischen Canzlers und Geheimen Raths von

---

Voisins, mais on a poussé les choses trop avant, et il pourroit arriver que le nom de Louis le Grand pourroit estre changé et converty en celuy de Louis le Malheureux".

In der Vorrede an die deutschen Reichsstände heißt es wörtlich:

„Messeigneurs vous êtes Allemands, vous aimez plus le generosité d'Arminius, que l'ame basse et mercenaire de Flavius; vous ne voudriez pas être des deserteurs de vôtre patrie, mais vous souhaitez plutôt d'être des Arminius des defenseurs et des liberateurs de vos subjets opprimés et gemissant soubs le fardeau injuste, qu'une cruelle Nation leur impose, vous ne voudriez pas non plus prodiguer vôtre chere liberté Allemande pour un chetif mets des lentilles de France; vous ne voudriez pas aller ou demeurer dans un endroit, ny être reduit soubs la puissance d'un Prince, soubs le quel vous sçavez certainement, que vous perdrez votre liberté".

[12]) Leben des Kaisers Leopold. Th. 3. p. 1154 ad ann. 1697.

Cranz erweiterte er den deutschen Grundbesitz seiner Familie. Das stattliche von altem Wohlstand zeugende Trages (Trachenhus) unweit Gelnhausen und einige kleinere Besitzungen stammen von ihm her. Sein Sohn Christian Carl Ludwig, Savigny's Vater, am 17. August 1726 zu Traben an der Mosel, Trarbach gegenüber, geboren und nach dem Vater und seinen Pathen, dem Landesfürsten Herzog Christian III. Pfalzgrafen bei Rhein und dessen Gemalin Caroline geborene Gräfin zu Nassau-Saarbrücken, benannt, seit 1752 Regierungsrath in Pfalz-Zweibrückenschen, dann 1759 Direktor und Geheimer Regierungsrath in Fürstlich Isenburg-Birsteinischen Diensten, wird als ein Mann von großer persönlicher Würde und Autorität geschildert, den die deutsche Reichsritterschaft in ihren Verband aufnahm, wie ihn das Vertrauen mehrerer Fürsten zu ihrem Kreisgesandten auf jenen oberrheinischen Kreistagen erwählte, welche nach dem Verluste der überrheinischen Gebiete von Worms nach Frankfurt am Main übersiedelt waren.

Es bedurfte dieses flüchtigen Rückblicks in die Vorzeit der Familie und des deutschen Volks, um Savigny's Namen und Ruhm gegen französische Reunionsgedanken zu schirmen und auf Das hinzuweisen, was in seiner wissenschaftlichen Stellung und Richtung etwa Uebersommenes sein könnte. Ein tieferer Einblick in sein eigenes Leben ist nöthig, um der vielfach verbreiteten Vorstellung entgegen zu treten, welche geneigt ist, dem Sonnenschein des Glücks oder angeborner Begabung auch das zuzuschreiben, was erst durch sittliche Kraft als goldene Frucht dieses Lebens gereift und gewonnen worden ist.

Friedrich Carl von Savigny ist zu Frankfurt am Main geboren am 21. Februar 1779.

Die Sorgfalt einer frommen und hoch begabten Mutter, Henriette Philippine geborenen Groos, Tochter des Pfalz-Zweibrückischen Geheimen Raths Groos, geboren zu Zweibrücken am 16. August 1743, hat auch in seiner Kindesseele die Anlagen einer hochbegabten edlen und reinen Natur, die Keime seiner Geistesbildung, tiefen sittlichen Ernstes und innerlicher erleuchteter Religiosität entfaltet, die schon seinem äußern Wesen den Adel der freien für sich selbst verantwortlichen Persönlichkeit, seinem innern Seelenleben aber den sichern Ankergrund verliehen haben, auf dem es unablösbar bis an sein fernes Ziel befestigt blieb. Schon mit ihrem dreijährigen Kinde las die Mutter die heiligen Urkunden,

ihr französischer Unterricht erschloß ihm das Verständniß der französischen Litteratur, wie der französischen Predigt in dem unweit
Frankfurt am Main gelegenen Hanauischen Flecken Bockenheim.
Denn die confessionelle Unduldsamkeit und der kirchliche Sonder-
geist jener Tage gestattete den großen reichen französischen und
deutschen Frankfurter Gemeinden reformirten Bekenntnisses, welchem Savigny's Mutter mit religiösem Ernst ergeben war, noch
keine öffentliche Gottesverehrung in der lutherischen Reichsstadt, die
durch eine nicht glückliche Anwendung des Erblichkeits- und Indige-
natsprincips auf die Berufung ihrer Geistlichen, das Uebergewicht
des Geistes und Talents unwillkürlich auf die Seite des consequen-
ten calvinistischen Protestantismus trieb.

Im Jahre 1792 sollte Savigny das herbe Geschick erfahren,
diese Mutter durch den Tod zu verlieren, der Vater war bereits ein
Jahr zuvor, sämmtliche Geschwister, zwölf an der Zahl, waren
sogar vor den Aeltern verstorben. So stand der dreizehnjährige
Knabe, der jüngste einzig noch übrige Sproß einer alten und vor-
nehmen Familie reich begütert aber völlig verwaist da. Ein feier-
licher Ernst legte sich früh auf das junge Gemüthleben. Ein vertrau-
ter Freund seines verstorbenen Vaters, der Assessor des Kaiserlichen
und Reichs-Kammergerichts zu Wetzlar, Herr von Neurath, wurde
Savigny's Vormund. Er erzog sein Mündel in seinem Hause in
Gemeinschaft mit dem eigenen im gleichen Lebensalter stehenden
Sohne und ertheilte den beiden erst funfzehnjährigen nur durch Pri-
vatunterricht vorbereiteten Jünglingen persönlich den ersten Rechtsunterricht. Dieser umfaßte nach damaligem Zuschnitt das ganze
Gebiet des idealen und thatsächlich gewordenen Rechts, Natur- und
Völkerrecht, römisches und germanisches, auch das, was man in
jener Zeit deutsches Staatsrecht nannte und als dessen vorzüglich
gründlicher Kenner Herr von Neurath allgemein geschätzt ward.
Als später Savigny's Name zu mehr als europäischer Berühmtheit
emporstieg, glaubte Herr von Neurath diesen glänzenden Erfolg
auf seine Propädeutik als erste Grundlage und Grundursache zurückführen zu dürfen. Savigny's Pietät gegen die Vatertreue des
achtungswerthen in der Jurisprudenz des achtzehnten Jahrhunderts
gründlich gelehrten Mannes, der ihm das Beste bot, was er zu
geben vermogte, hat es natürlich nie über sich vermogt, ihm diese
Freude zu verkümmern. Allein eben in diesen, nach landüblicher axio-
matischer und mathematischer Methode redigirten, in auswendig zu

lernenden Fragen und Antworten zugeschnittenen Heften war dem künftigen Meister der Rechtswissenschaft zum ersten Mal die ganze trostlose Oede und Dürre der damaligen Rechtsgelahrtheit in er= schreckender Klarheit vor die jugendfrische Seele getreten: er hatte an sich selbst praktisch erfahren müssen, wie der Rechtsunterricht, wenn er belebend zu eigenem Denken anregen sollte, nicht einge= richtet werden dürfe.

Kaum hatte Savigny das sechszehnte Lebensjahr überschritten, als er um Ostern 1795 die Marburger Hochschule bezog, seine Studien sofort mit den Pandekten beginnend. Er konnte diese sogleich und zwar zweimal hinter einander bei Erxleben und Weis hören, denn Herr von Neurath hatte es nicht als den geringsten Nebengewinn seiner Vorträge angeschlagen, daß die Institutionen als entbehrlich übergangen werden durften. Außer den Pandekten hörte Sa= vigny dort noch deutsches Privatrecht bei Bauer, gemeinen Civil= prozeß zweimal, bei Erxleben und bei Robert, auch besuchte er das Practicum, welches der Letztere hielt.

Die kleineren halb ländlichen Universitäten Deutschlands besaßen und besitzen, so viel ihrer übrig sind, noch jetzt einen neidenswerthen Vorzug, der durch die Glättung und die großen Sammlungen, welche die hauptstädtischen Lehranstalten bieten können, kaum aufgewogen wird. Dieser Vorzug besteht in der erleichterten gemeinsamen Durcharbei= tung des Lehrstoffs in unmittelbarer Berührung des Lehrers mit den Lernenden. Richtig benutzt kann diese unmittelbare persönliche Berührung beide Theile zu lebendigster Durchdringung der Wis= senschaft führen.

In ein solches näheres Verhältniß trat Savigny zu sei= nem Lehrer Philipp Friedrich Weis, einem philologisch gebil= deten Romanisten der positiven, so genannten eleganten Rechtsschule, die von den Niederlanden aus die Traditionen der älteren franzö= sischen in Deutschland fortführte und selbst in Mitten der Popula= rität, welche Christian Thomasius' rationale Richtung und Heineccius geschickte Vermittelung hier gewonnen hatten, noch immer ihre Ver= treter fand. Mit dem gediegensten Wissen verband Weis einen unglaublichen Eifer für die Litteratur der romanistischen Jurispru= denz, sammelte eine bedeutende Bibliothek, und verstand, wenn auch das Pathos, zu welchem jener Eifer ihn fortriß, hin und wieder die Gränzen des Komischen streifte, seine Zuhörer zu fesseln und für die Wissenschaft zu begeistern¹⁴.) Als Weis am 23. November 1808, noch nicht 43 Jahr alt, verstarb, da war unmittelbar vorher eine handschriftliche Entdeckung Savigny's, welche seine Meinung vom Alter des Brachylogus bestätigte, seine letzte Lebensfreude gewesen¹⁵). Und wenn das Verdienst, einen solchen Schüler gebildet zu haben, als sein größestes und wichtigstes gerühmt werden mag, so hat der Wiederschein des Ruhms und die rührendste Pietät seines größern Zöglings ihm gelohnt und ihm mit diesem ein dauerndes Fortleben im Bewußtsein der Nachwelt gesichert. Diese Pietät ist seltener geworden, sie erinnert fast an die Ehrfurcht gegen den Lehrmeister, den Dominus suus der Glossatorenzeit¹⁶), aber sie ehrt den Schüler nicht minder wie den Lehrer. Als eines seiner theuersten Dokumente hat Savigny bis an das Ende seines Lebens das glänzende Zeugniß aufbewahrt, in welchem sein Lehrer Weis Savigny's künftige Größe voraussagt, indem er ihn für den Ersten von Allen erklärt, welche er jemals in die Wissenschaft eingeführt habe. In keinem seiner früheren Hauptwerke hat Savigny unterlassen, der Anregung zu gedenken, die er von seinem Lehrer Weis zu jedem derselben empfangen und außer dieser wörtlichen Anerkennung in den Vorreden des Besitzes und der Geschichte des römischen Rechts im Mittelalter bekennt er sich thatsächlich in allen seinen Schriften durch den imposanten wissenschaftlichen Apparat an Handschriften, Incunabeln und Urkunden, den

---

¹⁴) Eine würdige Biographie giebt Wachler in der Jenaischen allgemeinen Litteratur-Zeitung vom Jahre 1809. No. 1, Intelligenzblatt vom 18. Januar Columne 41 bis 46.

¹⁵) Die Vorrede, welche Weis als Prorector zum Marburger Wintercatalog 1808 schrieb, ist wieder abgedruckt als Philippi Friderici Weis de aetate Brachylogi observatio in Böcking's Brachylogus (1829) unter Nr. XV p. LXXII ff. Die betreffende Stelle lautet p. LXXIX wörtlich: „Nuper perill. DE SAVIGNY, vir iuvandis bonis litteris natus, mihi nuntiavit, se in bibliotheca caesarea Vindobonensi manuscriptum brachylogi codicem reperisse, qui seculum XVI longe superaret. Argumentum, quod mihi exinde adversus SAXIVM nascitur, in eorum numero est, quibus nodus uno ictu disrumpitur".

¹⁶) Bekanntlich gab Kaiser Friedrich I. den Studierenden in der Authentika Habita den Gerichtsstand coram domino vel magistro suo. „Diese Bestimmung setzt voraus, daß sich jeder Schüler in der Regel an einen einzigen Lehrer anschloß". Savigny, Gesch. d. R. R. im Mittelalter III. S. 170.

14

er gesammelt und in denselben verwerthet hat, als Weis' treuen und dankbaren Zögling.

In Göttingen, wohin Savigny im Wintersemester 1796 über=siedelte, vermogten die Fachvorlesungen ihn nicht zu fesseln. Run=be's Vortrag über das Lehnrecht war ihm unerträglich langweilig, Pütter's deutsches Staatsrecht sogar „lächerlich." Freilich aber hat er, da der civilistische Unterrichtskreis bereits in Marburg ab=geschlossen war, Hugo nicht mehr gehört: jenen geistvollen Civilisten, dessen bahnbrechendes Einwirken auf die Wissenschaft Savigny's selbstlose Bescheidenheit später bei jeder Gelegenheit so hoch erho=ben hat,[17] daß die unbefangene Kritik ihm gegen sich selbst gerecht zu werden genöthigt ist. Nur in einer einzigen Stunde war Sa=vigny als Gast in Hugo's Hörsaal, aber im Andenken an diese einzige Stunde pflegte Hugo nicht zu unterlassen, seinen Zuhörern den Platz zu bezeichnen, den Savigny als sein Gastzuhörer in je=ner Vorlesung inne gehabt hatte und welcher dadurch die Weihe des Ehrenplatzes in seinem Hörsaal empfangen zu haben schien. Auf diese Weise war es in Göttingen allein Spittler, dessen oratori=sches Talent, dessen Grazie und Eleganz einen hinreißenden Ein=druck auf Savigny hervorbrachten. Savigny war in der Univer=salgeschichte einer von Spittlers letzten Zuhörern, da dieser bald darauf sein Lehramt mit dem Württembergischen Staatsdienste vertauschte.[18] Die glänzenden damals noch unerhörten Eigen=schaften eines deutschen Kathedervortrags, welche Spittler entfal=tete, hatten früher auf Hugo sogar noch mächtiger eingewirkt. Hugo hat die fremde Weise in Schrift und Vortrag nachzubilden versucht, seine Darstellung ist geistreich, aber einen edlen fließenden Ausdruck hat er nie erreicht, während aus Savigny's klarer Rede die ganze Seele des eigenen Denkens spricht.

Ein lebensgefährlicher Blutsturz nöthigte Savigny die allzu

---

[17] Man sehe Savigny's Recension von Hugo's Rechtsgeschichte. 2. Ausg. 1799. 3. Ausg. 1806 und (Verm. Schriften Bd. IV. Num. XLV.) den Aufsatz: Der zehnte Mai 1788 (Zeitschrift für geschichtliche Rechtswissensch. 9, 3. 1838), Num. XIII. Vermischte Schriften Bd. IV Nr. XII. S. 195 ff.

[18] Hugo, civilist. Magazin Band III No. XXIV (Spittler) S. 510 „Einer seiner letzten Zuhörer war Savigny, in dem einzigen halben Jahre, das dieser hier zugebracht hat; aber die persönliche wenigstens etwas nähere Bekanntschaft zweyer Männer, zwischen welchen ich den Jahren nach ohngefähr in der Mitte stehe, machte sich erst später."

ernst betriebenen Studien zeitweilig zu unterbrechen und die sechs Sommermonate 1797 auf dem Lande, auf dem Trages, seinem Gute im Hanauischen, zu verleben. Aber schon im nächsten Winter und den beiden folgenden wurden die Arbeiten in Marburg in Gemeinschaft mit den Freunden von Motz, Pourtalès und Becker mit solchem Eifer wieder aufgenommen, daß eine längere Erholung zur Befestigung der Gesundheit nothwendig schien. Daher wurden die Sommermonate 1799, zu einer Reise durch Sachsen und Böhmen verwendet, die nächsten drei Vierteljahre der Erforschung des academischen Unterrichtswesens, der Bibliotheken in Leipzig und Halle, so wie dem Selbststudium in Leipzig gewidmet, und dann noch einige Monate in Jena, im Kreise der Freunde von Motz, von Oberg, Arnold Heise, Clemens Brentano, Hinrich Lichtenstein, Klingemann und Johann Dietrich Gries verlebt. Aus der Feder des Letztern hat sich ein Zeugniß über den persöulichen Eindruck erhalten, den Savigny durch die Höhe seines sittlichen Wesens auf die Alters = und Stublengenossen jener Zeit hervorbrachte. „Es war, sagt er wörtlich, eine den Zeitgenossen imponirende Erscheinung, daß ein junger reicher Mann von Adel, der auf die ersten Stellen in jeder Beziehung Anspruch machen konnte, nur den Wissenschaften und sich selbst leben wollte. Daß er aber auch die ihm zu Gebote stehenden Mittel auf die Ausbildung seiner weniger wohlhabenden Freunde verwandte, machte ihnen Savigny noch werther. Der Ernst und das fast Feierliche seines Charakters, das Positive, was Savigny in Leben und Wissenschaft offenbarte, sein Entschluß, in Marburg Criminalrecht zu lesen, steigerte die Achtung zur höchsten Bewunderung seiner Vorzüge [10])."

Die Dichterfürsten in Jena und Weimar übten in den denkwürdigen Tagen ihres ersten frischen Glanzes auf Niemanden einen lebendigern Impuls, als auf die empfängliche academische Jugend in ihrer unmittelbaren Umgebung und Nähe. Namentlich fühlte sich Savigny durch den mächtigen und ihm zeitlebens unvergeßlich gebliebenen Eindruck des Wilhelm Meister im Sommer 1800 aus dem zerstreuten Leben, zu welchem ihn seine Kränklichkeit zeitweilig gezwungen hatte, wieder auf sich selbst und in die Einsamkeit zurück geführt.

---

[10]) Aus dem Leben von Gries, als Handschrift gedruckt (von Madame Campe) 1855 S. 40.

Einundzwanzig Jahre alt, empfing er am 31. October 1800, am Jahrestage der Reformation, von der Marburger Hochschule die juristische Doctorwürde[20]), welche sie ihm noch nach einem halben Jahrhundert bei seiner Jubelfeier erneuern konnte, und der sie im Jahre 1827 bei ihrer eigenen die philosophische hinzugefügt hat.

Savigny's Inauguralschrift[21]) behandelte einen strafrechtlichen Gegenstand, weil er sich für Strafrecht zu habilitiren entschlossen war. Sie erläuterte die formale Concurrenz der Verbrechen, die Verletzung mehrerer Strafgesetze durch die nämliche Handlung, wie den

---

[20]) Das Promotionsgesuch und Curriculum vitae lautete:

Ego Fridericus Carolus de Savigny natus sum Francofurti anno MDCCLXXIX, patre Christiano Carolo Ludovico de Savigny, qui a nonnullis principibus ad locum eorum in conventu statuum circuli Rhenani superioris tenendum in hanc urbem missus erat. Ibi privato magistro usus sum in ediscendis litteris humanioribus. Post mortem parentum in domum ill. Dom. de Neurath, supremi tribunalis, quod Wetzlariae est, Assessoris, receptus idem discendi genus continuavi. Biennio elapso, anno MDCCXLV Marburgum me contuli, ibique praestantissimorum in jure docendo virorum praelectiones audivi. Ill. Erxleben et ill. Weis Pandectas mihi tradiderunt, ill. Erxleben et ill. Robert processum communem, ill. Bauer jus germanicum privatum: praeterea collegium practicum ill. Robert frequentavi. His summis viris me debere sentio gratias maximas, meritas persolvere nunquam potero. Postea academiam Göttingensem petii, ibique in iure publico ill. Pütterum, in jure feudali ill. Rundium, in jure criminali ill. Meisterum magistros habui. Deinde Marburgi rursus commoratus, tandem in Saxoniam iter feci, pluresque academias (Ienensem praesertim, Lipsiensem et Halensem) adii. Jam ex hoc itinere Marburgum reversus ad facultatem juridicam me converto, ea qua decet observantia rogans, ut qui singuli tanta in me beneficia contulerunt, nunc universi summos in jure mihi honores concedere, eoque modo me rursus sibi adstringere velint.

[21]) Sie erschien unter dem Titel:

Dissertatio inauguralis iuridica de concursu delictorum formali. Quam sub auspiciis sereuissimi ac potentissimi Principis Guilielmi IX. Hassiae Landgravii rel. academiae rectoris magnificentissimi ex auctoritate illustris iureconsultorum ordinis pro summis in utroque iure honoribus rite obtinendis d. XXXI. Oct. a. MDCCC publice defendet auctor Fr. Car. de Savigny. Moeno-Francofurtanus. Marburgi typis Kriegeri academicis. 124 S. 8°. Das Schlußblatt: §. 21 Libelli summa ohne Paginirung. Sie ist wieder abgedruckt in den Vermischten Schriften 4, Num. XXXVII S. 74 — 169, wo sie die vierte Abtheilung, Criminalrecht, ausfüllt.

Meineid, in Folge deſſen Jemand zum Tode verurteilt wird. Es wird nicht leicht ſein, eine zweite juriſtiſche Jugendſchrift aufzuweiſen, die ihr an ſcharfer Begränzung der Aufgabe, an klarer philoſophiſcher Erkenntniß der legislativen Ideale, an hiſtoriſcher Kunſt, an feſtem Abſchluß der Reſultate, an philologiſcher Beherrſchung und Eleganz des lateiniſchen Sprachidioms überlegen wäre. Ja, ihre Methode mögte kaum unter dem Niveau der ſpäteren Arbeiten ſtehen, von denen man Savigny's Ruhm und reformatoriſche Thätigkeit zu datiren pflegt.

Mit dem Strafrecht eröffnete Savigny im Winterſemeſter 1800 zu Marburg ſeine glänzende zweiundvierzigjährige Lehrthätigkeit. Er hat es nur ein Mal gelehrt. Unmittelbar darauf wandte er ſich dem römiſchen Civilrechte zu, deſſen ſtrengere juriſtiſche Natur, deſſen logiſche Conſequenz und Abgeſchloſſenheit ſeiner ſtets mehr dem Recht, als der practiſchen Politik zugewandten Neigung in höherem Maße zuſagte. Er behandelte es nach Hugo's Vorgang und Methode, hiſtoriſch, exegetiſch und ſyſtematiſch in einem Cyclus von Vorleſungen über Methodologie, Rechtsgeſchichte, die er namentlich nach Hugo lehrte, Ulpian, die zehn letzten Bücher der Pandekten, Obligationenrecht und Erbrecht. Den belebenden und ergreifenden Eindruck dieſer Vorträge haben Jacob und Wilhelm Grimm, welche 1802 und 1803 ſeine Zuhörer waren, in anziehenden Schilderungen überliefert²²). Selbſt Clemens Brentano, damals Savigny's Hausgenoſſe, und ſpäter ſein Schwager, konnte ſich einer leiſen Anwandlung, römiſches Recht zu ſtudieren, nicht erwehren. Er erfuhr jedoch ſofort die hinlängliche Abkühlung, als Savigny

---

²²) Grundlage zu einer Heſſiſchen Gelehrten-, Schriftſteller- und Künſtlergeſchichte vom Jahre 1806 bis zum Jahre 1830 von Dr. Carl Wilhelm Juſti. Marburg 1831 p. 152—154. p. 170—171. „Ich kenne keinen Vortrag", ſagt Jacob Grimm, „der auf mich einen tiefern Eindruck gemacht hat, als die Vorleſungen Savigny's. Mich dünkt, was ſeine Zuhörer ſo ſehr anzog, war die Leichtigkeit und Lebhaftigkeit des Vortrags mit ſo viel Ruhe und Mäßigung bereint. . . . . Seine ſtets klaren Worte, die Wärme ſeiner Ueberzeugung und dabei eine Art von Zurückhaltung und Mäßigung im Ausdruck brachten eine Wirkung hervor, die ſonſt nur der Erfolg der mächtigſten Beredtſamkeit iſt". Auch von Savigny's wiſſenſchaftlichem und häuslichem Leben in Marburg entwirft Jacob Grimm ein reizendes Bild in ſeiner halb ernſten halb ſcherzhaften Feſtgabe zu Savigny's funfzigjähriger Doctorjubelfeier. „Das Wort des Beſitzes. Eine linguiſtiſche Abhandlung von Dr. Jacob Grimm." 1850.

ihm in seiner Bibliothek den Neapolitaner Cujacius nebst dem einen Doppelfolianten füllenden Inhaltsverzeichniß des Dominicus Albanensis mit dem Rathe vorzeigte, einstweilen diese dreizehn Foliobände hinter einander durchzulesen: nach Beendigung dieser curforischen Lectüre werde sich ernstlich über die Sache reden lassen.

Indem Savigny seine Vorlesung über die zehn letzten Bücher der Pandekten unmittelbar aus den Quellen ausarbeitete, wurde er in der Lehre vom Besitze, diesem merkwürdigen Zwitter von Thatsache und Recht, zum ersten Male des unermeßlichen Abstandes inne, welcher das classische Recht des römischen Alterthums von den herkömmlichen Theorien der damaligen Schule trennte. Er theilte seine Entdeckung seinem Lehrer Weis mit, der ihm dringend zuredete, das edle Gebild der classischen Jurisprudenz von dem verwirrenden Wust der Scholastik zu säubern. Die Vorarbeiten wurden im Dezember 1802 begonnen, nach fünf Monaten konnte die Ausarbeitung anfangen, sie kostete nicht mehr als sechs Wochen, am dritten Mai 1803 war das Manuscript vollendet. So entstand das berühmte „Recht des Besitzes," jenes unübertroffene Muster civilistischer Monographik, welches — eine unerhörte Erscheinung für eine civilistische Abhandlung — sechs Auflagen erlebte, und in alle europäische Culturspraschen übertragen, den vierundzwanzigjährigen Verfasser mit einem einzigen Schlage unter die Klassiker der Nation erhob, wie es der verkommenen juristischen Litteratur fortan eine Stelle in der deutschen Nationalliteratur zu sichern schien. Denn eben damals war die gesammte Erfahrungswissenschaft des gewordenen Rechts, vor allen der civilistische Rechtszweig, nach Inhalt und Form weit hinter der Zeit zurückgeblieben. Man hatte ein Conglomerat römischer, canonischer, deutscher Rechtssätze, ohne kritische Sonderung des Abgestorbenen und Lebensfähigen, für den Hausbedarf practischer Zwecke zu einem Ganzen verarbeitet und diesem das Gewand abstracter naturrechtlicher Kategorieen und Terminologieen übergeworfen. Dieses Elaborat überlieferte Einer dem Andern und die durch ein solches Verfahren nothwendig eintretende Stagnation war völlig angethan, den Sinn für den innern Zusammenhang abzutödten und eine handwerksmäßige Jurisprudenz groß zu ziehen.

Diese Verkommenheit zeigte sich sogar in der Sprache der Civilisten. Selbst da, wo das Recht im Gesetz oder dem Rechtsspruch zum Volke redete, hatte es die alte, wenn auch rauhe, doch kräftige und verständliche Reinheit, Einfachheit und Würde seiner sprachlichen Gewandung, welche noch Leibniz in der sächsischen Rechtsprechung anerkennen durfte, dem Gemisch des eindringenden Ungeschmacks geopfert. Im Innern der Wissenschaft blieb das Latein vorherrschend, aber das Latein der Zunft, oder höchstens der byzantinischen Ueberarbeitung des römischen Rechts, nicht das Latein Papinians oder der Diocletianischen Constitutionen, dieser mustergültig knappen Formulirungen klarster Rechtsgedanken in der ganzen romanischen Schärfe und Bestimmtheit der Sprache des gebildet-sten Theils urbaner Gesellschaft. Christian Thomasius und wer sonst im Kreise deutscher Juristen deutsch zu schreiben und zu lesen unter-nahm, hatte wenigstens auf dem romanistischen Gebiet der Rechts-wissenschaft keinerlei reformatorische Einwirkung hervorgebracht.

So war es denn eine That für die civilistische Jurisprudenz, daß Savigny an dem Beispiel eines einzelnen Rechtsinstituts zeigte, wie in das Durcheinander verschiedener Zeiten Klarheit, in die Sto-ckung Leben, in das Handwerk Geist und Höhe der Bildung zu bringen sei. Was Hugo's negative kritische Velleitäten angeregt, hatte Savigny's positive und schöpferische Natur in einem leuchten-den Musterbilde vollendet. Ein gebildeter Geist ersten Ranges durchdrang den bis dahin nur in der niedern Weise des Geschäfts behandelten spröden Rechtsstoff, die naturrechtlichen Abstractionen wichen einer gesunden Reflexion practischen Rechtsverstandes, das römische Recht, vom Schulstaube gereinigt, erschien wieder in voller Reinheit und Schönheit, und in der Grazie der reizenden Gewandung, in welcher Savigny's Recht des Besitzes der Körperschaft der Juristen, ja den Gebildeten der Nation entgegentrat, ward der Rechtswissen-schaft erschlossen, was unsere Klassiker, was Lessings silberreine Prosa, was Goethe's sanfte Anmut der deutschen Sprache an all-gemeiner Cultur errungen hatten.

Es war ein Ereigniß nicht nur für das jugendliche glänzende Talent, nicht nur für die Rechtswissenschaft und ihre Methode, es war ein Ereigniß für das Vaterland. In der trostlosen Oede und Stumpfheit, die um die Zeit des Reichsdeputationshauptschlusses auf dem öffentlichen Leben lastete, erschien es als ein Symptom, daß in den Tiefen des nationalen Geistes noch lebendige Keime einer Umgestaltung zum Besseren verborgen lagen. Das abstrakte Naturrecht gieng mit dem schwächlichen Weltbürgerthum, das römische Recht als ge-meines Recht des heiligen römischen Reichs gieng mit der alten Universal-

monarchie zu Grabe. Savigny rettete das Unvergängliche im römischen Recht, seine erziehende Logik, seinen belebenden Geist hinüber in das Recht der deutschen Nation.

Kurz vorher, am 13. März, war Savigny auf eigenes An-
suchen zum außerordentlichen Professor in Marburg ohne Gehalt ernannt
worden. Es war, wie er scherzend zu versichern pflegte, der einzige
Schritt seines ganzen Lebens gewesen, zu welchem er sich durch den
Ehrgeiz habe hinreißen lassen. Denn fortan sollte sich eine Fülle
äußerer Ehren auf seinem Haupte anhäufen, wie er sie nicht bedurft,
und noch weniger begehrt hat. Schon im Sommer berief ihn der
Minister von Edelsheim unter Zusicherung von tausend Gulden an
Gehalt und fünfundzwanzig Maltern an Früchten nach Heidelberg, um
nach eigenem Ermessen die juristische Facultät der dortigen mit der
Pfalz an Baden gefallenen Universität umzubilden. Es ist Savigny's
Rath, dem sie es zu danken hat, daß durch Heise's und Thibaut's
Berufungen jenes wissenschaftliche Leben erblühte, mit dem die glänzende Zeit des Heidelberger Rechtsstudiums anhebt. Bisher war
dort in Gamsjägers Manier, durch Rechtsgeschichte und Pandekten,
„in tabellarischer Art mit Bezug auf das pfälzische Landrecht und
auf die seit 1803 gnädigst erlassenen Verordnungen" vorgetragen, der
nöthige juristische Hausbedarf besorgt worden [22]).

Im gleichen Jahre erfolgte ein Ruf nach Greifswald. Beide
Anerbieten wurden im Hinblick auf höhere Lebensziele abgelehnt.

Nachdem Savigny noch in demselben Jahre auf dem Trages
mit Fräulein Kunigunde Brentano, Tochter des Kurtrierischen Geheimen Raths Brentano in Frankfurt das Ehebündniß geschlossen
hatte, welches nach 57 Jahren durch seinen Tod gelöst werden sollte,
benutzte er während des Sommers die reichen civilistischen Schätze
der Bibliotheken zu Heidelberg, Stuttgart, Tübingen und Straß-
burg. Als er in gleicher Absicht auf derselben Reise am 2. Dezember 1804 in Paris einfuhr, traf ihn das arge Hemmniß, daß das
Gepäckstück, welches das kostbare so mühsam gesammelte handschriftliche
Material enthielt, vom Wagen abgeschnitten und entwendet wurde.
Aber selbst diese Störung wußte der jugendliche Mut und Eifer
für die geliebte Wissenschaft zu überwinden. Mit Jacob Grimm's
treuer Hülfe wurde das Verlorene ersetzt und selbst die zierliche
Handschrift der jungen Ehegattin und ihrer Schwester in Anspruch

---

[22]) von Bippen, G. A. Heise's Leben S. 117 ff.

genommen, um die schwer zu entziffernden Briefe des Cujacius oder seines Secretairs auf der Pariser Bibliothek zu copieren.

Inzwischen waren die deutschen Angelegenheiten durch das Unglück und die Demütigung Preußens auf dem tiefsten Stand ihrer Erniedrigung angelangt. Es galt nicht mehr, wie einstmals in den Reunionszeiten, die Einbuße schöner, aber doch guten Theils romanischer Culturländer an der Westgränze des alten Reichs. Es drohte eine allmälige Erstickung des nationalen' Lebens, wie sie heute etwa die deutschen Gränzstämme im Elsaß erfahren, denen man seit dem letzten Herbst auch die Muttersprache der heiligen Urkunden in ihrer deutschen Bibel genommen hat.

Savigny war Ende 1805 von Paris, wo ihm seine einzige Tochter geboren wurde, nach Marburg zurückgekehrt und nach jener Katastrophe 1808 einem Ruf als wirklicher Hofrath und ordentlicher Professor des römischen Rechts an Theophil Hufeland's Stelle nach Landshut gefolgt, wohin die Montgelas'sche Verwaltung Baierns die alte Ingolstädter Hochschule verlegt und durch Gewinnung der tüchtigsten Lehrkräfte für das humanistische und philosophische Studium, wie für die vorgeschrittene Jurisprudenz zu heben versucht hatte. Die Bedingungen waren namentlich für Savigny die ehrenvollsten: die Wahl jeder andern bairischen Universität nach zwei Jahren ward ihm völlig frei gestellt.²⁴) Ihm lohnte die Achtung und Freundschaft der Besten seiner Amtsge-

---

²⁴) Annales Ingolstadienses P. V. p. 292 a. 1808. In vacuam per eius abitum Juris Romano-civilis cathedram perillustris Fr. Car. de Savigny suffectus est. Is — — die decimo tertio Maji hujus anni Landishutum arcessitus est cum annuo trium milium florenorum stipendio, florenis autem mille et quingentis pro transmigratione numeratis, regius Consiliarius aulicus atque juris civilis Romani Professor p. o. designatus est, addita speciali promissione, ut post biennium, si forte Landishutum minus sibi gratum foret, aliam eligendi Academiam haberet potestatem.

p. 314 ad a. 1810. Decimo septimo Aprilis clarissimus Fridericus Carolus de Savigny, regius Consiliarius aulicus et Iurium Professor p. o. ad supplices preces suas ab Universitate Ludovico-Maximilianea clementissime dimissus est. Magnam sane per eius abitum alma nostra Academia jacturam fecit; fuit enim vir humanissimus aeque ac doctissimus, carus omnibus, qui noverunt eum. Secundo Maji ad meridiem urbi nostrae valedixit et per Vindobonam Berolinum profectus est, insigne inde ab hoc tempore futurus illius Universitatis ornamentum.

noſſen, unter ihnen Johann Michael Sailer's, ihm ward eine
gränzenloſe Liebe und Verehrung der ſtudierenden Jugend, welche
mit ſüddeutſcher Lebhaftigkeit und Unmittelbarkeit des Dankgefühls dem
Lehrer vergalt, durch den ſie ſich wiſſenſchaftlich und ſittlich gehoben fühlte, weil er in ihr das Bewußtſein der Würde ihres Berufs zu wecken verſtand. Der ſichtbare Erfolg ſeiner Begeiſterung
für menſchliche und wiſſenſchaftliche Bildung wog ſogar die An-
feindungen auf, denen ſelbſt Savigny als „Fremder" nicht völlig
entgieng. Denn in dem damaligen im Sonnenſchein der Rhein-
bundszeiten aus altbairiſchen, altpreußiſchen, altöſterreichiſchen und
anderen Elementen zu plötzlicher materieller Größe erwachſenen
Baiern nahm die beſondere Vaterlandsliebe nicht ſelten die wunder-
barſten Richtungen. Wie denn Savigny ſelbſt den erheiternden
Zug aufbewahrt hat, daß ſein Amtsgenoſſe, der Profeſſor der Botanik, der nicht einmal ſelbſt ein geborener Baier war, im
Landshuter Univerſitätsgarten keine andern als ſolche Gewächſe
dulbete, die in Baiern wild wachſen. [23])

Aber kein perſönliches Band vermochte Savigny zu feſſeln[24]),

---

[23]) Savigny Syſtem 7 Vorrede S. IX: „Als ich vor vierzig Jahren eine
Lehrſtelle an der Bairiſchen Univerſität Landshut bekleidete, lebte daſelbſt ein
Profeſſor der Botanik, der, wohlgemerkt, kein eingeborner Baier war. Dieſer
ſuchte ſeine ausſchließende Werthſchätzung des beſondern Bairiſchen Vaterlandes
dadurch zu bethätigen, daß er aus dem botaniſchen Garten alle Pflanzen ver-
bannen wollte, die nicht in Baiern wild wachſen, um auf dieſe Weiſe einen
rein vaterländiſchen Garten, befreit von fremden Erzeugniſſen, herzuſtellen.
Dieſes Verfahren wurde damals von allen wirklichen Baiern in der Univerſität
verwerflich gefunden, denen es an der kräftigſten Vaterlandsliebe gewiß nicht
fehlte". Aehnliche Proben erzählen F. Jacobs Perſonalien. Zweite Aufl. 1848
S. 74. 78. 81 f. 371. 372. 878; v. Aretin „Die Pläne Napoleons und ſeiner
Gegner 1809" beſchuldigt die fremden proteſtantiſchen Gelehrten ſogar der Propa-
ganda für „Norddeutſchheit, eigentlich Boruſſismus und Anglicismus" und einer
weit verbreiteten Verſchwörung gegen Napoleon und ſeine Verbündeten. Aus
dieſen Anſchauungen ging noch 1815 die Schrift des Landshuter Gönner hervor.

[24]) Eine lebendige Schilderung des Abſchiedes findet ſich in dem Brief-
wechſel Goethe's mit einem Kinde Bd. 2. 20. u. 26. Mai 1810: „kurz nach
Oſtern reiſten wir ab, die ganze Univerſität war in und vor dem Hauſe ver-
ſammelt, viele hatten ſich zu Wagen und zu Pferde eingefunden, man wollte
nicht ſo von dem herrlichen Freund und Lehrer ſcheiden, es ward Wein ausge-
theilt, unter währendem Vivatrufen zog man zum Thor hinaus, die Reiter begleiteten das Fuhrwerk, auf einem Berge, wo der Frühling eben die Augen
aufthat, nahmen die Profeſſoren und ernſten Perſonen einen feierlichen Abſchied,

als die letzte Zuflucht deutscher Freiheit und Eigenart, als das schwer-
gebeugte Preußen ihn aufrief, sich dem Kampfe für die deutsche
Geistesbildung, Gesittung und Religion nicht minder wie für die
äußere Freiheit und die äußeren Güter anzuschließen, der damals
unvermeidlich bevorstand, dem Kampfe, der nicht mehr allein von dem
Könige und seinem Heere, sondern nur noch von dem Könige im
innigsten Vereine mit seinem ganzen Volke, von der vollen Wucht
der geistigen Nationalkraft mit ganzem Willen und ganzen Mitteln
bestanden werden konnte. Es war eine große Zeit und eine große
Aufgabe. Das altberechtigte, aber in thatenlosem Uebermut ent-
artete preußische Selbstgefühl war durch die reinigende Macht des
Unglücks geadelt worden. In dem Rückblick auf die glorreiche
Vorzeit des ernsten Volkes, in dem zugleich demütigenden und
erhebenden Aufblick zu den fürstlichen Heldengestalten seines Herr-
schergeschlechts, die in schwerster Zeit auf den Pfaden des Mutes,
der Tapferkeit, Weisheit und Pflichttreue seine unvergleichlichen Führer
gewesen waren, hatte die verletzte aber ungebrochene kriegerische Ehre,
das durch den Protestantismus allgemein verbreitete Bewußtsein persönlicher sittlicher Selbstverantwortlichkeit den mächtigsten und rein-
sten patriotischen Aufschwung genommen, den die neuere Geschichte
gesehen hat. Die heilsamste Frucht aber der Demütigung war die
praktische Erfahrung gewesen, daß nicht der politische Egoismus der
Vereinzelung, nicht eitler Ahnenstolz auf das besondere Vaterland,
sondern nur die sittliche That der innerlich geeinigten Nation —
diese aber auch vollständig — dem Verzweiflungskampf um ihre Exi-

---

die andern fuhren noch eine Station weiter, unterwegs trafen wir alle Viertel-
stunden noch auf Parthieen, die dahin vorausgegangen waren, nur Savigny
noch einmal zu sehen; ich sah schon eine Weile vorher die Gewitterwolken sich
zusammenziehen, im Posthause drehte sich einer um den andern nach dem Fen-
ster, um die Thränen zu verbergen. — — Von da (Salzburg) ging die Reise
nach Wien, es trennten sich die Gäste von uns, bei Sonnenaufgang fuhren wir
über die Salza, hinter der Brücke ist ein großes Pulvermagazin, hinter dem
standen sie Alle, um Savigny ein letztes Vivat zu bringen, ein jeder rief ihm
noch eine Betheuerung von Lieb und Dank zu. Freiberg, der uns bis zur
nächsten Station begleitete, sagte: wenn sie nur alle so schrien, daß das Magazin in die Luft sprengte, denn uns ist doch das Herz gesprengt; und nun er-
zählte er mir, welch neues Leben durch Savigny aufgeblüht war, wie alle
Spannung und Feindschaft unter den Professoren sich gelegt oder doch sehr gemildert habe, besonders aber sei sein Einfluß wohlthätig für die Studenten gewesen, die weit mehr Freiheit und Selbstgefühl durch ihn erlangt haben".

stenz mit dem übermächtigen Gegner gewachsen sein könne. Mit diesem klaren Bewußtsein und mit dem festen Willen, durch Vertiefung und Stärkung dieses sittlichen und patriotischen Geistes die Nation zu erneuern, ward unsere Hochschule gegründet und in dem Chor der unsterblichen Helden des geistigen Freiheitskampfes, die das unmöglich Scheinende vollbringen halfen, neben Männern wie Fichte und Schleiermacher, bezeichnete Wilhelm von Humboldt Savigny als denjenigen, von welchem der König die Vertiefung des Rechtsbewußtseins, die richtige Behandlung und Leitung des ganzen Studiums der Jurisprudenz erwarten dürfe, welches, wie er sich ausdrückt, gegenwärtig so oft und auf eine so nachtheilige Weise zwischen der altrömischen und den neueren Gesetzgebungen schwanke. „Dieser durch mehrere allgemein geschätzte Schriften bekannte Mann," sagt Humboldt in seiner Empfehlung, „muß mit Recht zu den vorzüglichsten jetzt lebenden deutschen Juristen gezählt werden, und außer Hugo in Göttingen dürfte ihm Niemand an die Seite gesetzt werden können, da er sich eben so sehr durch philosophische Behandlung seiner Wissenschaft als durch ächte und seltene Sprachgelehrsamkeit auszeichnet[37]."

„Sie müssen noch eher da sein, als die Universität," hatte Wilhelm von Humboldt geschrieben. So traf denn Savigny, nachdem er am 2. Mai Landshut verlassen hatte, über Salzburg und Wien schon im Juni 1810 in Berlin ein und trat sofort in die Kommission zur Einrichtung der Universität. Die neue Hochschule gieng nicht mehr von Kaiser und Reich aus, sie war die erste Stiftung der Krone Preußen, man fand es bedenklich, der juristischen Facultät ein Spruchcollegium beizugeben, nachdem schon der große König in der Justizreform von 1748 die Rechtssprüche der Universitäten mit der straffen Ordnung der preußischen Rechtspflege unvereinbar gefunden hatte. Aber Savigny sah in der gemeinsamen Rechtswissenschaft die wahre Einheit des deutschen Rechtslebens und in den Universitäten nicht nur ihre Pflanzstätten für das Rechtsbewußtsein der empfänglichen Jugend, sondern auch die traditionellen Organe für eine wissenschaftliche Rechtsprechung. Die neue Hochschule schien ihm berufen, auch diese Thätigkeit zu reinigen, zu veredeln und aus dem Handwerk der Urteils-Fabrikation, welche der

---

[37] Köpke, die Gründung der Königl. Friedrich-Wilhelms-Universität zu Berlin (1860) S. 73.

Wiſſenſchaft die beſten Kräfte entziehe, eine belebende gegenſeitige Einwirkung der Theorie und Praxis zu entwickeln. Das nationale Geſammtintereſſe überwog ihm hier wie überall das nur ſcheinbar näher liegende des beſondern Vaterlandes, weil ihm dieſes zur Füh=rung, nicht zur Abſonderung von der Nation berufen ſchien. In dieſem Sinne ſetzte er die Einrichtung eines Spruchcollegiums durch und arbeitete in demſelben mit ſolchem Eifer, daß die Acten bis zu ſeinem Austritt im Jahre 1826 nicht weniger als 138 Rela=tionen von ſeiner klaren feſten Handſchrift aufzuweiſen haben. In demſelben Geiſte faßte er den Rechtsunterricht auf. Auch hier konnte man erwarten, auf der erſten Königlich preußiſchen Rechts=ſchule die Richtung auf das excluſive Geſetzbuch des Landes in den Vordergrund treten zu ſehen. In Savigny's freier und großarti=ger Anſchauung erſchien dies jedoch nur wie ein Dialect des ge=ſammten deutſchen Rechtsbewußtſeins. Ihm galt es, das allge=meine wiſſenſchaftliche Rechtselement zu ſtärken, aus welchem das beſondere Recht des Landes ſeine vornehmſten Kräfte zieht. Daher drang er, obgleich perſönlich das Fach des römiſchen Rechts über=flüſſig deckend, ſofort auf Berufung eines zweiten Romaniſten und wußte, nachdem Hugo, Heiſe und Haubold abgelehnt hatten, den jüngern Biener zu gewinnen, der am 21. Auguſt annahm.

In ſolcher Weiſe das Ganze ordnend, begann er ſelbſt, am 10. October 1810 von dem erſten ernannten Rector der neuen Hochſchule, Schmalz, verpflichtet, ſeine Wintervorleſungen über In=ſtitutionen und Geſchichte des römiſchen Rechts vor 46 Zuhörern, unter dieſen Göſchen, Dirkſen, von Rönne, von Gerlach. Am 29. April 1811 trat er als ordentliches Mitglied in die hiſtoriſch=phi=loſophiſche Klaſſe der Academie der Wiſſenſchaften.

Das allſeitige unerhörte Zuſammenſtrömen der eminenteſten Geiſteskräfte an der jugendlichen Lehranſtalt, in welcher das Herz des innerſten nationalen Lebens ſchlug, ſpannte die Geiſtesnerven der Mitarbeiter über das gewöhnliche Maaß menſchlichen Vermö=gens, und ergab eine wechſelſeitige Berührung, aus welcher völlig neue geiſtige Schöpfungen hervorgegangen ſind.

In den Vorleſungen, welche Niebuhr, als Mitglied der Aca=demie, über römiſche Geſchichte an der Univerſität eröffnete, wurde die wirkliche Thatſache von ihrem erdichteten traditionellen Gegen=bilde mit einer Kritik geſchieden, wie ſie Friedrich Auguſt Wolf am Homer geübt hatte, deren Verwerthung aber auf dieſem Ge=

biet damals noch völlig neu war. Unter den Geistesmächten des gebildeten Berlins und der studierenden Jugend saß auch Savigny zu seinen Füßen. „Mut und Lust des Schaffens, sagt Niebuhr, wurden durch die ehrende Anerkennung, wie durch die thätige Mittheilung mit vertrauten Freunden auf's Höchste gesteigert[28])." So entstand jene gegenseitige Durchdringung römischen Rechts und römischer Geschichte[29]), welche heute noch die römische Geschichtschreibung und die romanistische Jurisprudenz in gleicher Weise beherrscht.

Eine nicht minder reiche Frucht jener gegenseitigen Einwirkung ergab sich, als im Sommer 1811 Karl Friedrich Eichhorn für das germanistische Element der Rechtswissenschaft neben Savigny als Lehrer eintrat. Aus der persönlichen Berührung und gemeinsamen Arbeit erwuchs eine völlig gleiche Anschauung beider Männer im Punkt der Entstehung des positiven Rechts, jenem Ausgangspunkt, von dem ihre Regeneration der Rechtswissenschaft begonnen ward. Denn auch auf dem deutschrechtlichen, erst durch jüngere Cultur gewonnenen Rechtsgebiet strömten die belebenden Kräfte der Geschichte und Philologie in die Jurisprudenz: was durch Niebuhr neben Savigny dem römischen, das war durch Jacob Grimm's Begründung deutscher Philologie dem deutschen Rechtszweig gewonnen worden.

---

[28]) Man vergleiche die eigene Schilderung Niebuhr's (Röm. Gesch. Bd. I. S. 482) mit Savigny's Darstellung des Eindrucks, in den Verm. Schriften 4, S. 212 f.

[29]) Niebuhr, Lebensnachrichten S. 483.

Brief an Dora Hensler vom 9. November 1810 „Savigny's Aufmerksamkeit und seine Aeußerungen, daß ich eine neue Epoche für die Römische Geschichte anfange, giebt mir natürlich noch mehr Eifer, Untersuchungen in ihrem ganzen Umfange zu verfolgen, welche man sonst leicht auf halbem Wege liegen läßt, sobald man das Ziel erblickt hat und sich dann nach etwas Neuem umsieht". Röm. Gesch. zweite Ausgabe Vorrede „Ich lebte aber inzwischen in Italien — auch glaubte ich, das einst genossene Glück nicht entbehren zu können, wo im Gespräch mit Savigny der entscheidende Punkt hervortrat und es mir so leicht war, Manches zu erfragen, so belebend den nur noch halb erschienenen Gedanken zu vollenden und zu prüfen". Daß Savigny gegenüber Niebuhr's Hypothesen vorsichtiger verfährt, liegt in seiner vollständigern Herrschaft über das Privatrecht, auf welchem sich Niebuhr weniger heimisch fühlte, als auf dem öffentlichen. Doch verwendete auch Savigny Niebuhr's Aufschlüsse über den Ager publicus in der Besitzlehre §. 12a S. 216.

„Es war eine sehr schöne Zeit, durfte Niebuhr noch nach 17 Jahren von jenen Tagen sagen, „die der Eröffnung der Univerſität Berlin . . . dieſe genoſſen und das Jahr 1813 erlebt zu haben, das ſchon allein macht das Leben eines Mannes bei manchen trüben Erfahrungen zu einem glücklichen." Zu den trüben Erfahrungen gehörte die politiſche Verdächtigung, welche Niebuhr ſchon wegen ſeiner Vorliebe für Roms Plebejer zu beſtehen hatte. Der politiſchen Selbſtſucht oder Beſchränktheit, welcher es möglich war, Niebuhr's edlen Namen mit einem ſolchen Vorwurf anzutaſten, ſtellt Savigny die Frage: ob denn die Glorie der Scipionen möglich geworden ſein würde, wenn die Patrizier ihr ausſchließliches Vorrecht, die freie Entwicklung des Staats für immer zu hemmen, nicht verloren hätten[20])? Minder geduldig ertrug Eichhorn die Verſtimmung über eine bekannte eben ſo unglückliche Denunciation der ganzen großen nationalen Bewegung, die gerade ihn wegen ſeiner thätigen Betheiligung am Tugendbunde beſonders zu treffen ſchien, da er als Profeſſor in Frankfurt an der Oder Director der dortigen Hauptcammer jenes Vereins geweſen war. Selbſt Savigny's beſonnener Antrag auf die ſtrengſte gerichtliche Unterſuchung der ganzen Sache vermogte Eichhorn's Unmut nicht völlig zu beſchwichtigen. Eichhorn überſiedelte nach dem Kriege (1816) zeitweilig nach dem heimiſchen Göttingen, kehrte jedoch ſpäter ebenfalls wieder in den Dienſt des Staats zurück, dem er gleich Niebuhr die glänzendſten Proben treuſter Anhänglichkeit gegeben hatte. Nach ſolchen Vorgängen kann es freilich nicht befremden, daß Zeiten gekommen ſind, in denen auch Savigny's eigene reine Geſinnung von dem Parteigeiſte und ſogar von zwei entgegengeſetzten Seiten angefeindet worden iſt. Aber wie der Parteigeiſt überall als das Nichtige und Vergängliche erſcheint, ſo ſind die Namen Savigny's und ſeiner Freunde aus dieſen Anfechtungen als leuchtende Sterne hervorgegangen, deren reiner Glanz und feſte Bahn noch manchem Herzen als Leiter dienen könnte, das ſich in dem Widerſtreit der Parteien nach einer ſichern Führung ſehnt.

In der erſten Rectorwahl der neuen Hochſchule waren unter den einundzwanzig Stimmen eilf auf Fichte gefallen, auf Savigny nur eine weniger. Der erſte gewählte Rector fand ſich jedoch veranlaßt, auf die Fortführung der Geſchäfte zu verzichten und in Folge

---

[20]) Verm. Schriften 4, 225.

des besondern unmittelbaren Vertrauens des Königs zu Savigny's „umsichtsvollem und zweckmäßigem Benehmen, besonders in den gegenwärtigen Verhältnissen," wie in der königlichen Ernennung vom 16. April 1812 gesagt war, fiel dem erst 32jährigen Savigny, als dem nächst Bezeichneten, das Rectorat gleichwohl zu [31]). Es ist unter sämmtlichen zweiundfünfzig, welche die Berliner Hochschule erlebt hat, nicht nur das längste, sondern auch so unzweifelhaft das denkwürdigste, daß Savigny selbst sich das schöne Andenken des unvergeßlichen Jahrs durch keine zweite Uebernahme verdunkelt hat. In Savigny's Rectorat war es, daß Schleiermacher am 28. März 1813 den Waffenruf des Königs von der Kanzel verlas, in diesem Rectorat segnete Schleiermacher auf dem Vorhofe der Universität am 14. Mai das ausrückende Berliner Landwehrbataillon zum Kampfe ein. In dasselbe Amtsjahr fällt nach Böckh's treffendem Ausdruck jene glückliche Veröbung der besuchtesten Hörsäle, jene frequentissimarum scholarum fausta infrequentia des Sommersemesters, in welcher der Rector zwar die Vorlesungen der Universität im Katalog verkündigte, aber selber keine hielt, weil er schon im Winter vor nur zehn, sämmtlich dienstunfähigen Zuhörern Pandekten gelesen hatte, jetzt aber als Mitglied des Ausschusses zur Errichtung von Landwehr und Landsturm in solchem Grade thätig war, daß er sich das eiserne Kreutz am weißen Bande erwarb, wie Karl Friedrich Eichhorn als Rittmeister und Escadronchef im vierten kurmärkischen Landwehr-Kürassier-Regimente sich bei Dennewitz die Kriegsklasse verdiente. Savigny's Rectorat schloß am 18. October 1813, unter den Donnern der Entscheidung bei Leipzig, im Wendepunct der deutschen Geschichte [32]). —

In der frischen Lebensluft nach der unerträglichen Schwüle, die während des erzwungenen Bündnisses mit dem Unterdrücker auf dem Lande gelastet hatte, nach den reinigenden Gewittern entfaltete sich Savigny's wissenschaftliche Thätigkeit zu ihrer reichsten Blüte.

---

[31]) Das Enthebungsgesuch Fichte's vom 14. Februar 1812 steht in Fichte's Leben I, 547 und bei Rudolph Köpke, die Gründung der Königl. Friedrich-Wilhelms-Universität zu Berlin (1860) S. 230 ff. Nr. 46, die Cabinetsordre vom 16. April 1812 über Ernennung des Professors v. Savigny zum Rector: ebenda S. 234 Nr. 48.
[32]) Köpke a. a. O. S. 109. 116.

Das Vertrauen seines Königs übertrug ihm 1814 die Einführung des damaligen jugendlichen Thronerben in die Rechtswissenschaft. Die Stunden und Arbeiten des hochbegabten königlichen Jünglings wurden durch den neuen Feldzug unterbrochen, aber im November 1815 wieder aufgenommen. Sie umfaßten Römisches, Criminal- und Preußisches Recht. Außer diesem hat Savigny nur noch einmal, im Jahre 1830 und 1831, dem damaligen Kronprinzen, jetzt regierenden Könige von Baiern, einen ähnlichen juristischen Privatvortrag gehalten.

Eine allgemeine nationale Angelegenheit gab Savigny Veranlassung zu einer dem Umfange nach kleinen, aber durch ihren Geist und ihre Wirkung um so bedeutenderen Schrift: dem viel erwähnten Büchlein vom Beruf unserer Zeit für Gesetzgebung und Rechtswissenschaft, welches zuerst 1814 erschien und seitdem zwei Mal wiederholt werden mußte.

Nach den großen Erfahrungen über den tiefern Grund des Verfalls wie der Erhebung wünschten die Freunde des Vaterlands eine innigere politische Einigung Deutschlands durch allgemeine Gesetzbücher über Strafrecht, Prozeß und bürgerliches Recht. Einige hatten für Letzteres die allgemeine Einführung des erst kürzlich erschienenen österreichischen Gesetzbuchs von 1811, Andere die Abfassung eines neuen vor Augen und der eben in Wien versammelte Congreß war vielleicht nicht abgeneigt, auf die Sache einzugehen.

„Im Jahre 1814 — berichtet Thibaut — als ich viele deutsche Soldaten, welche auf Paris marschiren wollten, mit frohen Hoffnungen im Quartier hatte, war mein Geist sehr bewegt. Viele Freunde meines Vaterlandes lebten und webten damals mit mir in den Gedanken an die Möglichkeit einer gründlichen Verbesserung unseres rechtlichen Zustandes und so schrieb ich — höchstens nur in vierzehn Tagen — recht aus der vollen Wärme meines Herzens eine kleine Schrift über die Nothwendigkeit eines allgemeinen bürgerlichen Rechts für Deutschland — wobei aber doch jedes Land das Wenige, was seine Localität erfordere, seine Eigenheiten behalten möge [**])".

Der Mann, welcher diese Worte schrieb, war ein ausgezeichneter Rechtsgelehrter, ein Mann von Geist und Talent, er war

---

**) Archiv für civ. Pr. (1838) XXI, S. 391 f.

zugleich ein ächter und warmer Freund seines Vaterlandes, und durch dies Alles befugt, in einer nationalen Angelegenheit von solcher Bedeutung, als man wieder über öffentliche Dinge frei reden durfte, das Wort zu nehmen. Nie hatte er sich dem Code Napoléon, durch welchen der Unterdrücker von dieser Seite die deutsche Nationalität mit Vernichtung bedrohte, gebeugt.

In dem edlen Ziel der Einigung der deutschen Nation unter einem gemeinsamen bürgerlichen Recht ist daher Savigny mit Thibaut völlig einverstanden, Thibauts Patriotismus zollt er die wärmste und freudigste Anerkennung, und wenn er seine Stimme dennoch in einem entgegengesetzten Sinne abgiebt, so betrifft dieser „friedliche Streit", wie er selbst ihn bezeichnet hat, nur die besten Mittel, um das gemeinsame löbliche Ziel zu erreichen.

Allein Thibaut war ein Mann des achtzehnten Jahrhunderts, in den Idealen des abstracten Weltbürgerthums und der Aufklärung erzogen und befangen. Nach diesen erhabenen und beglückenden Principien glaubte das „philosophische" Jahrhundert das Recht nach Willkür überall in gleicher Weise hervorbringen zu können. In einem Universalcodex für alle Zeiten und Völker oder wenigstens in einer „weisen" Gesetzgebung sah man das Ziel aller Rechtsbildung. Im Geist dieser ältern Juristenschule fordert auch Thibaut ein allgemeines bürgerliches Gesetzbuch für ganz Deutschland. Indem er der Nachwelt einen Conservatismus zutraut, wie er ihn gegen die eigene Vor- und Mitwelt selbst nicht übt, hofft er, ein solches Gesetzbuch werde der in ihrem Privatrecht geeinigten Nation auf Jahrhunderte hinaus zur Richtschnur ihres bürgerlichen Rechtslebens dienen.

Dieses Weltbürgerthum war freilich eine nothwendige Erscheinung in einem Volke, dessen nationale Einheit der territoriale Egoismus und der religiöse Dogmatismus in Confessionen und fürstliche Rechtsgebiete zersetzt hatte und welchem über der trümmerhaften Vereinzelung, in der es aus seinen langen Bürgerkriegen hervorgieng, kein Höheres geblieben war, als seine wehmütigen Erinnerungen an eine größere Vorzeit und die Erhebung in das Ungemessene und Ideale.

Mit diesen veralteten Anschauungen hatte aber das neunzehnte Jahrhundert auf andern Gebieten bereits gebrochen. Naturphilosophie und romantische Poesie hatten liebevolleren Auffassungen des Gewordenen den Weg gebahnt. Im Freiheitskampfe war die ganze

Nation gegen die despotische Völkerbeglückung mittelst einer aufge-
zwungenen fremden Gesetzgebung aufgestanden. Daß Thibaut über
jenen Standpunct nicht hinauskonnte, daraus erklärt sich seine innere
Kälte und Gleichgültigkeit gegen seine Wissenschaft. Seine Neigung
galt nicht ihr, sondern der Reinheit höherer Tonkunst. So suchte
er in krankhafter Verstimmung das Uebel in den Zuständen, dessen
eigentlicher Sitz, ihm freilich unbewußt, in dem eigenen Innern lag.

Savigny trat mit wärmerem Herzen für seinen Beruf, mit
reicherer und unbefangenerer Anschauung auch an diese Frage heran.
Die nackte Idee rein äußerer Gleichförmigkeit übt auf ihn ihren Zau-
ber nicht und für den bestehenden Zustand des bürgerlichen Rechts —
„große Mannigfaltigkeit und Eigenthümlichkeit im Einzelnen, aber
als Grundlage überall das gemeine Recht, welches alle deutschen
Volksstämme stets an ihre unauflösliche Einheit erinnert" — hat
er ein freundlicheres Auge. Die populare Verfälschung seiner Ansicht pflegt ihm freilich eine Verwerfung aller und jeder Gesetzgebung zur Last zu legen und in seiner eigenen spätern legislativen
Thätigkeit einen Widerspruch mit sich selbst zu entdecken. Aber
nicht nur im öffentlichen Recht, im Strafrecht, im Prozeßrecht,
selbst im bürgerlichen Recht anerkennt er Gesetzgebung und Codification, deren formalen Werth er keineswegs unterschätzt. Nur verlangt er einen Gesetzgeber, der in Mitten seines Volkes steht und
das Bewußtsein seiner Nation und seiner Zeit ausspricht. In
gleicher Weise will Savigny die möglichste Gemeinschaft der Nation,
dieselbe Concentration ihrer wissenschaftlichen Bestrebungen auf das
gleiche Object, dieselbe Sicherheit des Rechts gegen Willkür und un-
gerechte Gesinnung wie Thibaut. Aber ihm ist die Codifikation
nicht Sache der Nothwendigkeit, wie diesem, sondern eine Frage
der Opportunität. Im Jahre 1814 unternommen, als Alles aus
den Fugen, als die civilistische Litteratur- und Kunstsprache erst
durch ihn im Aufblühen und die germanistische Rechtswissenschaft
noch in der Kindheit war, würde sie nach Savigny's Ansicht nur
einen unvollkommenen Zustand für immer fixiren und da Preußen
und Oesterreich sich ihre besonderen Gesetzbücher nicht nehmen lie-
ßen, die Nation, statt sie zu einigen, in zwei Hälften vereinzeln.
Daher sieht Savigny den nächsten Beruf der Zeit nicht in der
Codification, und mit meisterhafter Kritik weist er dies in der Un-
vollkommenheit ihrer bisherigen Leistungen in Frankreich und Oesterreich, ja selbst in Preußen nach. Das rechte Mittel sieht Savigny

in einer organisch fortschreitenden Rechtswissenschaft, welche der ganzen Nation gemeinsam sein kann und ihr, wie keiner andern, ein Lebensbedürfniß ist. Erfüllt von Liebe für seinen Beruf, erfüllt von sittlichem Frohmuth traut er der Nation noch einen Schatz von Frische und Produktionskraft zu, die der Codification alternder Culturvölker entbehren kann. Alles Rufen nach Gesetzbüchern ist nach seiner Ansicht nur entstanden, weil die deutsche Rechtswissenschaft ihre Schuldigkeit versäumte und, statt den Rechtsstoff zu beherrschen, sich von ihm bewußtlos treiben und bestimmen ließ.

Unläugbar ist auch in Savigny's Auffassung ein individuelles Element mit thätig. Sie erinnert einigermaßen an die Anschauungen der in der Geschichte lebenden und verfließenden Geschlechter des ächten Adels, der Intelligenz und Besitz. Pietät gegen die Vorzeit mit der Achtung vor dem Bestehenden und dem Werdenden vereinend, es als sein Recht und seine Pflicht nimmt, das Recht seines Volks gegen Willkür und Gewalt zu schützen, wie der Patron das Recht des Clienten schirmt. Ja, seine hoffnungsreichere Anschauung von der Triebkraft einer Nation, die noch Rechtslehrer hervorzubringen vermogte, wie er selbst war, wurzelt, bei aller Bescheidenheit der Selbstschätzung, doch in dem eigenen wissenschaftlichen Lebensgefühl. Allein Savigny überträgt auch hier wieder zugleich das allgemeine Bewußtsein der Zeit, welches seine Macht soeben auf dem politischen Gebiete in dem Kampfe um die nationale Existenz bewährt hatte, auf den Rechtsboden. Ja er weiß das Bewußtsein der edelsten Deutschen aller Zeiten hinter sich, und er schließt sein Buch mit den geistesverwandten Anschauungen Philipp Melanchthons [34]).

[34]) Beruf, S. 162 (3. Ausgabe): „Wie in unserer Zeit gesprochen sind die Worte eines der edelsten Deutschen des sechzehnten Jahrhunderts (Melanchthon, oratio de dignitate legum: in select. declamat. T. I. Servestae 1587 p. 247 und Orat. de vita Irnerii et Bartoli T. 2 p. 411) Nam mihi aspicienti legum libros, et cognito periculo Germaniae, saepe totum corpus cohorresbit, cum reputo, quanta incommoda secutura sint si Germania propter bella amitteret hanc eruditam doctrinam juris et hoc curiae ornamentum .... Non igitur deterreamur periculis, non frangamur animis .... nec possessionem studii nostri deseramus — itaque Deus flectat animos principum ac potentum ad huius doctrinae conservationem, magnopere decet optare bonos et prudentes. Nam hac re-

In der Sache selbst aber zeugt Savigny's Auffassung na=
mentlich von einer außerordentlichen Tiefe des Blicks in das in=
nerste Getriebe des bürgerlichen Rechts.

Mag im öffentlichen Recht, im Strafrecht, der Staat sein
eigenes Leben durch seine Gesetze ordnen und schirmen, das bür=
gerliche Recht geht nicht von ihm, sondern von den Einzelnen im
Volke aus, der Zug des Rechts führt hier von unten nach oben.
Aus der Autonomie der Verträge und letzten Willen, aus dem
steten Wechsel des Geschäftsverkehrs entwickeln sich die allgemeinen
Grundsätze über die Natur der Sache, aus der Gleichförmigkeit
der Entscheidungen in den unvermeidlichen Conflicten der Recht
suchenden Einzelnen geht der Gerichtsgebrauch hervor. Gewohn=
heitsrecht und Gerichtsgebrauch, Volksrecht und Juristenrecht sind
in diesem Gebiete nicht nur die primitiven, sondern die ewig blei=
benden Organe der Rechtsbildung. Die Gesetzgebung des Staats
wahrt hier nur die gemeinsamen Interessen, welche nicht schon ohne
sie im Volksrecht ihre Vertretung gefunden haben.

Das Tiefe und Ungemeine hat nicht immer das Schicksal,
populär zu sein und auch Savigny verscherzte durch seine Schrift
seine Popularität wenigstens bei der nicht geringen Anzahl derje=
nigen deutschen Staatsmänner und Juristen, welche den Ansichten
und Grundsätzen der Bonaparte'schen Herrschaft in Deutschland
recht von Herzen ergeben gewesen waren, nun aber, nachdem die
alte deutsche Neigung zu möglichst kühler, fast völkerrechtlicher gegensei=
ger Absonderung der Stämme und Territorien ohne Scheu und Gefahr
wieder laut werden durfte, nach diesen Grundsätzen in ihren klei=
neren Kreisen fortzuregieren hofften. Ein Vertreter dieser Richtung,
der frühere Professor in Landshut Nicolaus Thaddäus von Gönner,
damals Mitglied der Gesetzcommission und Director des Appel=
lationsgerichts in München, verschmähte in seiner Polemik gegen
Savigny's Schrift vom Beruf selbst die übliche niedere Denun=
ciation staatsgefährlicher Neigungen nicht, kraft deren Savigny das
Hoheitsrecht der Gesetzgebung den Regierungen zu entwinden suche,
um es den democratischen Mächten des Volkes und seiner Juristen
in die Hände zu spielen.

mota, ne dici non potest, quanta in aulis tyrannis, in judiciis barbaries,
denique confusio in tota civili vita secutura esset, quam ut Deus prohi-
beat, ex animo optamus.

„Wenn die gegenwärtige Schrift", sagt Savigny in seiner be=
rühmten Recension derselben, „blos gegen mich gerichtet wäre,
würde ich sie, meiner sehr begreiflichen Neigung gemäß, mit Still=
schweigen übergangen haben. Allein sie verläumbet und verfälscht
zugleich die ganze Ansicht des Rechts und der Rechtswissenschaft,
die ich für die richtige halte und unter solchen Umständen darf,
wer die Wissenschaft wahrhaft liebt, sich auch der Berührung eines
unreinen Stoffes nicht entziehen wollen."

So richtet er denn seine in der Form maßvoll und vornehm
gehaltene, in der Sache selbst aber völlig vernichtende Kritik
mit dem ganzen feindlichen Ernste, wie er in Fichte's und Schleier=
macher's gewaltigen Reden und Streitschriften weht, zuerst gegen
den übertünchten Despotismus des blos formalen Rechts, der, er
komme von welcher Seite er wolle, seinen klaren Blick durch kein
noch so glänzendes Gewand zu bestechen vermochte. „Was zur
geistigen Entwickelung des Menschen gehört, sagt er, kann nur in
voller Freiheit gedeihen und was dieser Freiheit entgegenwirkt, ist
despotisch und ungerecht, es kann augenblicklich einer Regierung
durch die erhöhte Willkür der Gewalt schmeicheln, aber es rächt
sich schwer durch die Ertödtung der geistigen Kraft des Volkes, auf
welcher zuletzt doch auch die Stärke der Regierung beruht".

Mit gleicher Energie wendet er sich gegen den territorialen Egois=
mus. Gönner hatte den Rheinbundstaaten die gleichförmige An=
nahme des unveränderten Code Napoléon dringend ans Herz ge=
legt, ein juristisch allgemeines Bundesgesetzbuch aber fand er dem deut=
schen Bunde souverainer Staaten widersprechend, um auch hier alles
Gemeinsame aufzuheben, was an den Zusammenhang der Nation er=
innern könnte und selbst den Schein irgend einer Abhängigkeit des
Territoriums zu vermeiden. Savigny antwortet: „Da es Gott
so gefügt hat (so sehr es auch zu bedauern sein mag), daß es keine
Hannoversche, Nassauische, Isenburgische u. s. w. Sprache und Lit=
teratur giebt, sondern eine deutsche, so wird offenbar jeder einzelne
Volksstamm in demselben Maße an geistiger Kraft und Entwicke=
lung verlieren, als er sich dem allgemeinen geistigen Verkehr der
deutschen Nation entzieht"[*]).

Aber nicht nur das gemeine Recht der Nation meinte Gönner

---

[*]) Recension von Gönner, über Gesetzgebung, in den Verm. Schriften
Nr. 52 S. 164.

in den Mechanismus eines gewöhnlichen Bureaugeschäfts des Particu-
larstaats herabzuziehen, selbst in dem Rechtsstudium der Deutschen wagte
er in absoluter Gleichgültigkeit gegen jede Vaterlandsliebe, ohne eine Ahnung davon, was eine deutsche Universität bedeutet und werth ist, alles
Gemeinsame zu zerstören, indem er die deutsche Hochschule durch
französische Spezialschulen zu ersetzen vorschlug, um wo möglich auch
die deutsche Rechtswissenschaft vollends zu Grunde zu richten.
Savigny erinnert, daß die Universitäten das letzte theure Gemeingut der Nation bilden, daß ihre freie Concurrenz in Lehre und Litteratur aufs wohlthätigste gewirkt habe, daß sie, durch inneres Bedürfniß eines auf das Ideale gerichteten Nationalgeistes entstanden,
wahres Leben haben und daß eine Regierung sie leichter zerstören,
als dem, was sie an ihre Stelle setze, Leben verleihen könne.
„Aber freilich, setzt er hinzu, gerade jenes Nationale Gemeinsame
der Universitäten haßt man, man fürchtet oder giebt vor zu fürch-
ten, die Liebe zu dem besondern Vaterlande werde dadurch ge-
schwächt. Wohl: Erfahrung wird darüber sicherer entscheiden, als
ein allgemeines Raisonnement. Der Preußische Staat beschränkt
jene Freiheit auf keine Weise und wo ist ein Staat, der sich eines
feurigern Patriotismus durch alle Stände hindurch rühmen kann, -
als dieser?" [26])
Nie hat Savigny hinreißender geschrieben, als in dem Buche
vom Beruf und in dieser Recension.
Die Bogen über den Beruf unserer Zeit für Gesetzgebung
und Rechtswissenschaft betrafen zunächst eine Frage der Zeit. Was
ihnen eine allgemeine Bedeutung giebt, ist die neue Lehre von der
Erzeugung des bürgerlichen Rechts, nicht durch Gesetzgebung des
Staats allein, wie es der ältern Schule, den Macanaz und Ben-
tham, als Glaubensartikel galt, sondern primitiv und überwiegend
durch das nationale Bewußtsein und seine traditionellen und sach-
verständigen Organe, Gewohnheits = und Juristenrecht.
Diese Lehre beruht auf der Grundanschauung unseres Jahrhunderts, daß aus dem subjectiven Bewußtsein der Einzelnen durch
die still und allmälig, aber allgemein wirkende Sitte ein höheres
objectives sittliches Ganzes emporwächst, ein eigenthümliches Bewußtsein jedes Volks und innerhalb desselben der Culturstufe jedes

---

[26]) Recension von Gönner, über Gesetzgebung, Verm. Schriften 3, Nr. 52,
S. 158. 159.

3 *

Zeitalters, aus welchem Sprache und Wissenschaft, Kunst, Sitte und Recht mit derselben Nothwendigkeit hervorgehen. So daß die Erfindung eines allgemeinen aus unmittelbaren göttlichen Ordnungen oder Vernunftausssprüchen abgeleiteten Rechts nicht minder nichtig erscheint, als die einer allgemeinen Sprache, durch welche die wirklichen lebenden Sprachen ersetzt werden sollen. Diese Erkenntniß ist freilich heute so sehr Gemeingut Aller geworden, daß Manche kaum noch ahnen, was ihre Durchführung gekostet hat. Ihre Verwerthung aber auf dem Rechtsgebiete danken wir Savigny und Eichhorn. Denn nur in dunkeln Andeutungen hatte Schelling schon im Jahre 1803 in den Vorlesungen über das acabemische Studium und der Abhandlung über das Wesen der menschlichen Freiheit durch die Gründung des Rechts in einem Höhern und Allgemeinen über dem menschlichen Dasein auf die Objectivität desselben hingewiesen. Den Durchbruch dieser Anschauungen zu vollenden, bedurfte es der despotischen Gewalt und der alle Vergangenheit niederschmetternden, alle Zukunft mit Vernichtung bedrohenden äußern Noth, welche die tiefsten Geister der Nation zur Rettung ihrer Heiligthümer wach rief. Wie Fichte und Schleiermacher die Eigenart des deutschen Geistes im Sittlichen und Religiösen, welches als Ideologie gehaßt und verfolgt wurde, so haben Savigny und Eichhorn dieselbe Eigenart in der äußern Ordnung des Rechts und der Rechtswissenschaft geschirmt.

Diese Eigenart im Recht findet ihren wissenschaftlichen Ausdruck — nach Savigny's treffender aber freilich vielfach mißdeuteter Bezeichnung — in der historischen Rechtsschule, dieser Frucht der Freiheitskriege auf dem Boden der Rechtswissenschaft. Ihr Organ wurde die Zeitschrift für geschichtliche Rechtswissenschaft, welche Savigny und Eichhorn mit Göschen im Jahre 1815 gründeten, die Wucht des Eindruckes sicherten die beiden colossalen Geschichtswerke ihrer beiden Führer: Savigny's Geschichte des römischen Rechts im Mittelalter und Eichhorn's deutsche Staats- und Rechtsgeschichte.

Savigny hatte schon in Marburg unter Weis den Plan einer Gelehrtengeschichte von Irnerius bis auf unsere Zeit gefaßt, und dafür auf seinen Reisen ein unglaublich reiches und eben so wohl geordnetes Material gesammelt. Im Geist der historischen Rechtsschule, im Verein mit Niebuhr und Eichhorn wurden die Zeitgrän-

zen verändert. So entstand das dritte Hauptwerk Savigny's, die
Geschichte des römischen Rechts im Mittelalter, welche
seit 1815 in sechs Bänden erschienen und in zweiter Auflage noch
durch Merkel's Beiträge um einen Supplementband vermehrt ist.
Den Anfang bildet jetzt das untergehende Alterthum. Das Ende fällt
in das im funfzehnten Jahrhundert wieder erwachende Alterthum
und die von da an hervortretende schärfere Aussonderung der Na-
tionalitäten. Auf dem Höhepunkt des tausendjährigen Zeitraumes
vom fünften bis zum funfzehnten Jahrhundert, den sie umfaßt,
steht Irnerius, die sechs vorwissenschaftlichen und die vier wissenschaftlichen Jahrhunderte scheidend. Das Buch, dessen Wiederbelebung die Zeiten der Barbarei und Civilisation für immer son-
dert, an das sich später die humanistischen Studien und die Reformation der Kirche anschließen, sind die Pandekten. Jenem erstern
dunklen Zeitraum wurden die drei ersten Bände des Savigny'schen
Werkes gewidmet. Ein Gemälde der Städteverfassung, des Ge-
richtswesens, der Universitäten, der Rechtsquellen giebt das neue
und überraschende Resultat der Continuität des römischen Rechts selbst
in jener Zeit kümmerlicher Durchwinterung durch die Kirche und
die absterbende Nationalität. Die drei letzten Bände zeigen das
zweite neue Leben des römischen Rechts, in der Auferstehung seines
unsterblichen Theils in der mittelalterlichen Wissenschaft und Litteratur. In voller Klarheit tritt dies doppelte Leben aus der riesenhaften Arbeit Savigny's heraus und selbst die, welchen es nur
um den Geist oder die Resultate zu thun ist, denen das Material
zu reich, die Gestalten der Träger der Wissenschaft einander zu
ähnlich erscheinen, können an dem reichhaltigen wohl gegliederten
Ganzen nicht vorübergehen. Für die Fortführung der Geschichte
des römischen Rechts seit dem Reformationszeitalter, diese eben so
würdige, als schwierige Aufgabe, deren Lösung Savigny dem Geist
und der Gewandtheit eines andern juristischen Schriftstellers offen
gelassen hat, kann nur Savigny's Werk der Anknüpfungs- und
Ausgangspunkt sein.

Kaum war der dunkle Schleier von dem Mittelalter durch
diese mächtige Geistesthat Savigny's gehoben, so fiel der noch un-
durchdringlichere des ferner liegenden Alterthums.

Denn wie durch höhere Fügung mußten eben jetzt die ächten
Institutionen des Gaius, welche Niebuhr 1816 in Verona wieder

entdeckte [37]), und Savigny für die Rechtswissenschaft verwerthete, auf den Gipfel der römischen nationalen Rechtsbildung das hellste Licht werfen. Gerade ein Zeuge aus jener entscheidenden Zeit, in der Hadrian mit der ganzen republicanischen Rechtsbildung durch Privatautonomie und Gerichtsgebrauch, durch Bürgerschlüsse und Stadtrichteredicte abgeschlossen hatte, um durch die erweiterten Organe des Kaiserreichs, die classischen Juristen, eine großartigere anzubahnen, mußte aus dem Grabe erstehen, um den Einblick in die alten Formen der bürgerlichen Rechtspflege und durch diese in das gesunde Leben des vorwissenschaftlichen Rechts zu erschließen. Und um die ganze Vergangenheit des nationalen Rechts wie mit Einem Blitze aufzuhellen, mußte dieser wiedererstandene classische Jurist, der unter den Antoninen die ersten wissenschaftlichen Institutionen der überkommenen durch städtische Organe gebildeten Rechtsordnung, des Jus ordinarium schrieb, gerade wieder derselbe Rechtslehrer sein, den Justinian sich aneignet, um durch seinen Mund die Jugend in die Grundlagen des byzantinischen Rechtszustandes einzuführen.

So vereinigte sich Alles, um den Gedanken der historischen Schule zünden zu lassen.

War sie es doch, welche die Rechtswissenschaft, die sich selbst überlassen, zum Handwerk herabzusinken drohte, durch den Reichthum edler Gedanken, durch höhere Anmut der Form, die sie der Geschichte und Philologie entlehnte, zu einer anziehenden und würdigen Geistesbeschäftigung emporhob, in der sich der freiere uneingeschränkte Ueberblick mit durchdringender Kenntniß des eigenthümlichen Stoffs vereinigte.

Die Koryphäen der ältern Schule hatten nur Gesetze als Quelle des Rechts gekannt. Gerade das ursprüngliche aus der Autonomie der Privaten und den Rechtssprüchen der Richter emporwachsende Gewohnheitsrecht, und der Juristenstand, der natürliche Vertreter des Volks in rechtlichen Dingen hatten in ihren Augen ein kaum geduldetes Dasein. Ein internationales Recht außer dem Staat hätten sie folgerichtig ganz läugnen müssen. Jetzt entwand sich das

---

[37]) Niebuhr's Brief an Savigny, der die Entdeckung berichtet, steht in der Zeitschrift f. gesch. Rechtswiss. 3, 130 ff. Vgl. Hugo, Rec. d. Savigny's Besitz, 3. Auflage, in den Göttinger Anzeigen 1807 Nr. 191 „auf mehr als Eine Art läßt sich sagen: ohne Savigny hätten wir den Gaius nicht".

bürgerliche Recht der legislativen Willkür, diesem Zwangscours auf dem Rechtsgebiet, wie die Staatslehre sich der Willkür des socialen Vertrags oder der Eroberung[20]), wie die Geschichtsschreibung sich dem Pragmatismus entzog, der aus Absicht und Ueberlegung Alles zu erklären meinte. Das Recht trat hinaus in den allgemeinen Gang der Culturgeschichte und die präcisere Formulirung des Gesetzgebers, der mitten in seinem Volke und seiner Geschichte steht, erschien nur noch als Eins seiner mannichfaltigen Organe.

Die bisherige Jurisprudenz hatte nur eine Dogmatik und selbst diese bestand nur aus monotonen blos logischen Kategorien und Auslegungsregeln des legislativen Willens. Den Juristen des 18. Jahrhunderts fehlte der historische und selbst der rechte systematische Sinn, der auf das organisch Verbundene gerichtet ist. Die Geschichte des Rechts war den rationellen Juristen nur noch eine Aufzeichnung der Verirrungen des menschlichen Geistes, den positiven galt sie als eine werthlose Sammlung erstorbener unbrauchbarer Antiquitäten. Die historische Schule gab der Jurisprudenz außer jenem gleichzeitigen Nebeneinander das successive Nacheinander eines Formenwechsels zurück, in welchem die höhere geistige Einheit der Volksindividualität in die Erscheinung tritt. Ihr ist die Rechtsgeschichte nicht mehr todter Stoff, sie kennt nur eine immanente, keine transitorische Vergangenheit, ihr ist die Kenntniß derselben keine entbehrliche, im besten Fall nützliche Vorkenntniß, die ganze Rechtswissenschaft ist eben so wohl Geschichte als System, nur eine andere Vertheilung von Licht und Schatten scheidet die freie Seite der geschichtlichen Entwickelung von der nothwendigen und wohlgegliederten systematischen Einheit der mannigfaltigen Institute.

Ein allgemeines Gesetz unsers geistigen Lebens gestattet uns keinen plötzlichen, sondern nur einen allmäligen Uebergang durch Wirkung und Gegenwirkung. So hat sich auch an Savigny's Werk

---

[20]) Savigny, System I S. 32 „Ganz verwerflich aber, ja abentheuerlich ist es, wenn man versucht hat, solche störende und die sittliche Kraft prüfende Anomalien als die wahre Entstehung der Staaten darzustellen, und darin die einzig mögliche Rettung zu suchen vor der gefährlichen Lehre, welche die Staaten durch willkürlichen Vertrag ihrer einzelnen Mitglieder entstehen läßt. (Haller, Restauration der Staatswissenschaft). Bei diesem Rettungsversuch ist es schwer, zu sagen, welches von beiden bedenklicher ist, die Krankheit oder das Heilmittel."

eine lange Anfechtung der Männer älterer Richtung und Anschauung, der Anhänger unbedingter und exclusiver Codification, der Fanatiker neuer philosophischer und politischer Systeme geknüpft, welche die rückläufige Bewegung bald nach der nationalen Erhebung heraufführte, und harte Vorwürfe sind gegen die historische Rechtsschule gerichtet worden.

Diese Vorwürfe sind, so weit sie von dem Parteigeist eingegeben waren, von Savigny stets mit Ruhe ertragen worden, nicht nur, weil er unter einer Schule Statt einer persönlichen Anhängerschaft eine wissenschaftliche Richtung verstanden hatte, sondern weil alles Parteiwesen, als das Kleinliche und Persönliche, das Nichtige und Vergängliche, seiner Natur fern lag. So weit aber jene Vorwürfe die Sache betrafen, hat er sie vollständig widerlegt.

So sollte die historische Schule durch ihr System des Gewährenlassens der freien Mannesthat wehren und den wohlgeordneten Garten des Rechts der Verwilderung preis geben. Aber sie stritt ja nicht gegen die maßhaltende und wohlthätige Einwirkung der Gesetzgebung, sondern nur gegen die zugleich schwärmerischen und nüchternen Vorstellungen von der Allmacht und Zulänglichkeit einer willkürlichen Rechtserzeugung, wie sie bis zur schroffsten Vernichtung jeder wissenschaftlichen Geistesthätigkeit bei Justinian zu finden sind, am allerhäufigsten aber auf religiösem Gebiet, mitten in der christlichen Kirche, dieser doch ersten und ältesten Macht im Gebiet der Humanität und Civilisation, in Anathemen abweichender Glaubenslehren, in Concordienformeln und Unterdrückungsversuchen theologischer Wissenschaftlichkeit wiederkehren.

Die historische Rechtsschule sollte ferner nur für mikrologische Erforschung des römischen Rechts, nur für die alte Geschichte des Rechts, also das Abgestorbene Herz und Gefühl besitzen und darum praktisch unbrauchbar sein, während ihr Princip der Anerkennung der Selbständigkeit jedes Zeitalters auf Beseitigung aller nicht mehr lebenskräftigen Rechtssätze in solchem Grade hinführt, daß sie sogar die Schale des Römischen Rechts unbedenklich Preis giebt, um dem nationalen Volks- und Juristenrecht Deutschlands, auf welches ihr Nationalitätsprincip in consequenter Entwicklung nach dieser Seite hinausläuft, den belebenden Geist ihres römischen Rechts, die Logik der classischen Juristen zu retten [20]).

---

[20]) Beruf, S. 118 „Das Römische Recht hat — außer seiner historischen ●

Am schwersten würde ohne Zweifel der Vorwurf wiegen, als ob der historischen Rechtsschule jeder höhere philosophische Gedanke, jeder Rückgriff in das Ideale fehle, nach dem doch alles gewordene Recht sich vorzugsweise sehnen muß. Am schwersten deßhalb, weil eben die Macht, mit welcher das Recht eingreift, ohne tiefere Heiligung in rohe Gewalt verkehrt wird. Aber etwas Anderes ist Theilung der Arbeit, ein Anderes principielle Negation. Jene kann nur zum Heil, diese muß zum Verderben der Wissenschaft ausschlagen, denn die historische Richtung kann so wenig ohne die rationelle sein, als die letztere ohne die erstere, beide gehören zu einander, wie Geist und Leib, und wie die Idee leer wäre ohne die Fülle der Erscheinungen, in der sie verwerthet ist, so ist die Erscheinung blind ohne das Licht des Gedankens, das sie beseelt und vergeistigt.

In richtiger Arbeitstheilung hat Savigny sich darauf beschränkt, die Idee in ihrer geschichtlichen Verwendung und Verkörperung aufzuweisen. Diese tactvolle Begränzung der Aufgabe hat ihn vor der Gefahr bewahrt, das reiche Leben des Rechts über den speculativen Aufgaben einer Philosophie der Rechtsgeschichte, oder einer Völkerphysiologie aus dem Gesicht zu verlieren und die classische Reinheit seiner Zeichnungen, durch mataphysische Deduction, durch die Romantik theologischer Färbung, oder das gefährliche Spiel der Etymologie zu trüben.

Aber wer ihm vorwarf, keiner der philosophischen Schulen angehört zu haben, deren Herrschaft in seinem langen Leben so oft gewechselt hatte, namentlich keiner der Richtungen, die erst nach dem Heldenalter der Freiheitskriege die herrschenden wurden, der durfte nicht vergessen, daß er der Wissenschaft sowohl die Fülle als die Freiheit des gewordenen Rechts gerettet hat, welche die willkürlichen Constructionen jener Schulen nicht selten in Fesseln zwangen. Er durfte aber noch weniger jenes Ideal übersehen, welches in Sa-

---

Wichtigkeit — noch den Vorzug, durch seine hohe Bildung als Vorbild und Muster unserer wissenschaftlichen Arbeiten dienen zu können. Dieser Vorzug fehlt dem Germanischen Rechte, aber es hat dafür einen andern, welcher jenem nicht weicht. Es hängt nämlich unmittelbar und vollsmäßig mit uns zusammen — — Ein vorzügliches Bestreben des dritten Theils unserer Wissenschaft muß darauf gerichtet sein, den gegenwärtigen Zustand von demjenigen zu reinigen, was durch bloße Unkunde und Dumpfheit litterarisch schlechter Zeiten, ohne alles praktische Bedürfniß hervorgebracht worden ist".

vigny's Rechtsanschauungen über den Gebilden der Geschichte schwebt,
und, wenn auch nicht überall zur Schau getragen, als der unsterb-
liche einheitliche Gedanke in allen mannichfaltigen Rechtserscheinungen
klarer und höher als bei manchen, die nach ihm kamen, vor seinem
Geiste stand. Im Character jener Zeit, die den Höhepunkt seines
Lebens bildet, findet er die höhere Ordnung des Rechts nicht in dem
Spiel einförmiger nur bialectischer Fusion oder in einer vermeinten
übermenschlichen Weltordnung, nicht unter und nicht über dem Ethischen,
sondern eben nur in dem reinen Aether des Sittlichen und insofern
die mächtigste Einwirkung des Sittlichen in dem Wendepunkt erschienen ist, und immer wieder erscheint, von dem wir die Weltge-
schichte vor- und rückwärts messen, in dem tief ethischen Geiste
des Christenthums. Dieser Geist war mit neuer Kraft, Innerlichkeit und Wärme in jener großen Zeit der Freiheitskriege von
Neuem hervorgebrochen. Das Unternehmen, aus abstracten Gedanken und Vorschriften eine Religion zusammenzusetzen, erschien nicht
minder thöricht, als das abstracte Naturrecht oder die universale
Sprache und wie Savigny das geschichtliche Recht, so hatte Schleiermacher dem durch den religiösen Dogmatismus zerrissenen Bolke
das geschichtliche persönliche Urbild der Religion nach seiner vollen
ethischen Signatur in Lehre, · Gesinnung und Leben zurückgege-
ben*). Im Geiste dieses neu gestärkten sittlichen Bewußtseins
jener Zeit faßt Savigny die allgemeine Aufgabe des Rechts.
„Die allgemeine Aufgabe des Rechts, sagt er wörtlich, läßt
sich einfach auf die sittliche Bestimmung der menschlichen Natur
zurückführen, so wie sich dieselbe in der christlichen Lebensansicht
darstellt, denn das Christenthum ist nicht nur von uns als Regel
des Lebens anzuerkennen, sondern es hat auch in der That die
Welt umgewandelt, so daß alle unsere Gedanken, so fremd, ja feind-
lich sie demselben scheinen mögen, dennoch von ihm beherrscht und
durchdrungen sind." Doch wird ihm dadurch das Recht nicht in
ein weiteres Gebiet aufgelöst, „in seinem Gebiet herrscht es unum-
schränkt und erhält nur seine höhere Wahrheit durch jene Ver-
knüpfung mit dem Ganzen. Mit der Annahme jenes Einen Ziels
aber genügt es völlig und es ist keineswegs nöthig, demselben ein
ganz verschiedenes zweites, unter dem Namen des öffentlichen Wohls

---

*) Baumgarten, Schleiermacher als Theologe für die Gemeinde der Ge-
genwart. 1862. S. 20 f. 84 f.

an die Seite zu setzen: außer dem sittlichen Princip, ein davon un-
abhängiges staatswirthschaftliches anzunehmen. Denn indem dieses
auf Erweiterung unsrer Herrschaft über die Natur hinstrebt, kann
es nur die Mittel vermehren und veredlen wollen, wodurch die
sittlichen Zwecke der menschlichen Natur zu erreichen sind. Ein
neues Ziel aber ist darin nicht enthalten." Und somit dient, wie
er sich an einer andern Stelle ausdrückt, „das Recht der Sittlich-
keit, aber nicht indem es ihr Gebot vollzieht, sondern indem es die
freie Entfaltung ihrer jedem einzelnen Willen inwohnenden Kraft
sichert[41])." In dieser Auffassung, die besonders vom Standpunct
des Strafrechts einleuchtet, da dieses den menschlichen Willen durch
Furcht zum Gehorsam, durch Leiden zur Achtung der Einzelnen wie
der höheren sittlichen Organismen zu vermögen strebt, steht Savigny
völlig auf dem höheren Standpunct, dessen Durchführung als die
schöne That der hervorragendsten Richtung in der neusten Rechtsphi-
losophie anzuerkennen ist.

So ist es geschehen, daß die Polemik, welche sich an den Namen
der historischen Schule geknüpft hatte, allmälig verstummte, während
die tiefere und freiere, eigentlich wissenschaftliche Auffassung der
positiven Jurisprudenz, welche von Savigny und Eichhorn aus-
gieng, in immer weiteren Kreisen, von Biener im Strafrecht, von
Bethmann-Hollweg im Prozeßrecht verwendet, heute Gemeingut
der gesammten positiven Rechtswissenschaft geworden ist.

Nirgends aber hat diese freie und universale Rechtsanschauung
bewundernswürdigere Früchte getragen, als auf dem besondern
Felde, für welches Savigny in maßvoller Selbstbeschränkung seine
Kraft concentrirte, jene sittliche Entsagung übend, auf welcher auch
hier seine Größe und Vorbildlichkeit beruht: auf dem Gebiete des
römischen Privatrechts.

Einer oberflächlichen Betrachtung fällt es schwer zu begreifen,
wie ein hoher Geist an eine scheinbar so beschränkte Aufgabe ein
langes Leben setzen, wie ein vaterländisch gestimmtes Gemüth dem
Romanismus, dem scheinbar Fremden und Veralteten, huldigen
konnte.

Wohlan, versuchen wir wenigstens anzudeuten, wie ungefähr
vor Savigny's klarem Blick die riesenhaften geschichtlichen Dimen-

---

[41]) System I, 53. 54. 332.

fionen des römischen Rechts sich entrollten und was ihm als der bleibende Niederschlag dieser geschichtlichen Strömung erscheinen mogte.

In dunkler Vorzeit sah er das Gewohnheitsrecht in bürgerlichen Formen des Geschäftsverkehrs, der Rechtspflege und der städtischen Gesetzgebung aus den Tiefen des römischen Volksgeistes hervorbrechen. Mit der Erweiterung der Stadt zu einer italischen Großmacht, ja zu einem Weltreich, welches die Völker der Erbe consolidirte, wuchs zugleich das Recht ins Unermeßliche fort.

Die städtischen Formen, die Enge des bürgerlichen Herkommens, die stadtrichterlichen Edicte wollen nicht mehr zureichen. Dem Kaiserreich seit Hadrian genügt nur die glänzende Spitze der juristischen Capacitäten, die im Rath des Princeps ihren Mittelpunct findet. Dieses Organ der Rechtsbildung erhebt das Recht zu einer Höhe der Cultur, wie sie nur unter monarchischen Staatsformen, nur durch ausschließliche Concentration des Nationalgeistes auf diese Aufgabe erreichbar ist.

Aber mit dem antichristlichen römischen Staat mischt sich seit Constantin die christliche Kirche, vorerst in der gegenseitigen Trübung jedes seine Eigenart einbüßend. Die Kirche verliert ihre Innerlichkeit und Reinheit, und das feine Culturrecht des Staats beugt sich der Barbarei einer in der Collatio vertretenen, angeblich höheren mosaisch-christlichen Rechtsordnung.

Ein Glück, daß Justinian die edelen Trümmer besserer Zeiten sammelt und die Pandekten für eine bessere Zukunft rettet.

So tritt das römische Recht, durch ihn hinübergeleitet, in's Mittelalter ein.

In byzantinischer Umgebung freilich verkommt es bald in immer tieferer Barbarei mit dem verkümmernden Staat. Im romanischen Abendlande aber verschwindet das römische Recht nur scheinbar und zeitweilig, um den hinfälligen Leib der sterbenden Nationalität und der Kirche abzustreifen. Getragen von dem Geistigen und Unsterblichen in der römischen Welt, der Rechtswissenschaft, tritt es neu gekräftigt aus den Hallen Bologna's und seiner Colonien, der Universitäten des romanischen Mittelalters, mit dem Ernst deutscher Poesie, mit dem Absolutismus römischer Dictatoren, Imperatoren und Päpste, den Erdkreis überflutend, abermals hervor. Nöthigt es doch selbst die mächtige Kirche, um mit ihm Schritt zu halten, ihr Decret bis auf die Gliederung der Theile den Pandekten nachzubilden.

Und dankt nicht auch unser Volk erst ihm die Anfänge seiner rechtswissenschaftlichen Cultur? Schon die staufischen Kaiser des zwölften Jahrhunderts hatten in ihm die Stütze ihrer Ansprüche gefunden und sollte das norddeutsche Gewohnheitsrecht der Gefahr, die ihm von ihnen und den hohen Schulen Italiens drohte, nicht erliegen, so war es genöthigt, sich in den deutschen Rechtsbüchern des Mittelalters zu sammeln und zu fixiren. Denn den Wissensdurst der Deutschen befriedigte nur die gründliche romanische Rechtswissenschaft, ihr Eifer trug sie in die kaiserlichen Gerichte, und von diesen geschirmt drang sie in die fürstlichen Rechtshöfe, in den Rechtsverkehr des Bürgerstandes und des aufblühenden städtischen Lebens, welches in ihr für den bürgerlichen Verkehr den reichsten Schatz fertiger Entscheidungen fand. Wie das Mittelalter in der Kaiseridee die staatliche Einheit der Christenheit und das persönlich gewordene Recht zumal anschaute, so sah es in dem stolzen kaiserlichen Recht das einzige wahrhafte Recht in Mitten der vielgestaltigen Mannigfaltigkeit der nur als Thatsache existirenden Gewohnheiten der Völker und Stämme, das einzige Friedens- und Einheitsband der bewaffneten und fehdelustigen Sonderexistenzen. Reinigend und sittigend trat dieses den „bösen unvernünftigen unleidlichen Gewohnheiten" entgegen und wie das Christenthum, wie das classische Alterthum und seine Werke in Kunst und Wissenschaft, wie die Poesie und die Kunstwunder des mittelalterlichen Italiens ward es ein wesentliches Element unserer Culturgeschichte. Es auszuscheiden im vermeinten Interesse unserer Nationalität und unserer Zeit, wäre nicht minder unmöglich und abenteuerlich, wie die Ausrottung anderer fremder Culturelemente, die in unserem Boden Wurzel schlugen. Denn gerade die exotischen Gewächse im religiösen und rechtlichen Gebiet sind die edelsten und feinsten von allen, welche die deutsche Erde trägt. Ihre Ausrottung müßte zur Barbarei zurück führen. Ihre Blüte ist eine Ehre und Zierde unseres Volks.

Die Blüte, welche für uns allein das römische Recht repräsentirt, ist aber einzig die im Mannesalter der Nation vollendete casuistische Technik der römischen Juristen. Denn nur aus dem Detail des rechtlichen Verkehrs entwickelt sich das Privatrecht: nur mit diesen ganz concreten Anschauungen, zu denen keine moderne Gesetzgebung, selbst die preußische nicht ausgenommen, sich von der Höhe ihrer Abstractionen herunter läßt, kann man einen Juristen erziehen. Und wie die romanistische Jurisprudenz gleich einer ältern Schwester auf diesem Boden lebenskräftiger Vergangenheit die jüngere canonistische und germanistische bisher erzogen hat, so wird die Rechtswissenschaft dieses ihres ältesten vornehmsten Bildungsmittels zu keiner Zeit entrathen können. Das Ergebniß ist also eine einfache Alternative: wir haben nur noch die Wahl, es zu durchdringen und zu beherrschen oder uns von dem halbverstandenen beherrschen zu lassen⁴²).

Diese unvergleichliche geschichtliche und exemplarische Bedeutung des römischen Rechts war es, welche Savigny mit tiefem Blick erkannte. Sie war es, die ihn unwiderstehlich zum römischen Rechte hinzog. Comparative Apologieen römischer Institute im Sinne der älteren Schule vergleicht er dagegen jener kindlichen Stimmung, die bei Erzählungen von Kriegen fragt, welche Partei die gute, welche die böse war. Ein entschiedener Gegner aller Absonderung, die den Theil der Lebensströmung des Ganzen entzieht, erblickt er in der Wiederanknüpfung an das juristische Denken früherer Zeiten und anderer Länder die Wiederbelebung der durch die Sperre-exclusiver Gesetzgebungen verkümmernden Praxis und Litteratur. Nur der gesunde Sinn der römischen Juristen, denen unsere künstliche Scheidung von Theorie und Praxis noch fremd ist, nur die lebenskräftige Vergangenheit des römischen Rechts vermag nach seiner Ueberzeugung unsere Theorie vor leerer Abstraction; unsere Praxis vor unwissenschaftlichem Handwerksbetrieb zu bewahren. In diesem Sinne verlangt er ein ernstes Eindringen in jene Schriften der römischen Juristen, die er allein als un ser römisches Recht anerkennt, ganz wie in andere Erzeugnisse des classischen Alterthums, in die wir mit Liebe und Geschmack uns hinein lesen. Er fordert sie, nicht um sie unmittelbar anzuwenden, sondern um an der scharfen Logik des romanischen Rechtsgeistes unser juristisches Denken zu schärfen und unsern reichern Rechtsstoff mit gleicher Sicherheit bewältigen zu lernen. Hierin begegnet er sich mit Leibniz⁴³): eine oberflächliche Kenntniß des

---

⁴²) Beruf 118—119. Verm. Schriften 5, 119. 120. Snstem I, XXVI.
⁴³) Leibnit. Op. 4, 3, 267. Dixi saepius, post scripta geometrarum nihil extare, quod vi ac subtilitate cum Romanorum Iureconsultorum scriptis comparari possit, tantum nervi inest, tantum profunditatis. Ep. Tom. 1. Ep. 119. Ego Digestorum opus vel potius auctorum, unde excerpta sunt, labores admiror, nec quidquam vidi, sive rationum acumen

römischen Rechts in seinen allgemeinen Grundsätzen, wie vornehm sie auch bezeichnet werden mag, gilt ihm für völlig verlorene Mühe."*) -

So tief und ernstlich, und doch zugleich so geistvoll und universell hatte noch kein deutscher Jurist das römische Recht erfaßt. Aber Savigny war es gegeben, das wissenschaftliche Leben, welches er in sich trug, nicht nur in tiefern Forschungen zu verwerthen, sondern es zugleich in lebendigster persönlicher Mittheilung in die Seelen der Jugend auszuströmen.

Für diesen Beruf, der ihm der theuerste war und in dem er wo möglich noch höheren Ruhm erreichte, als durch seine Schriften, hatte er die wunderbarste Begabung empfangen. Schon der äußere Adel der Erscheinung, die classische vornehme Ruhe, der milde Ernst seiner Persönlichkeit mußte ihm selbst und der Wissenschaft, die er lehrte, die jugendlichen Herzen gewinnen. Getragen von dem tiefen klangvollen Ton seines Organs, floß der völlig freie, und dennoch sofort druckfertige Vortrag in zauberischer Leichtigkeit, Klarheit und Eleganz dahin. In noch höherem Maße als die edle Form befriedigte die stete pädagogische Anreizung zum eigenen Denken. Klar und einfach wurden die Principien aufgestellt, aber sofort führte die lebendigste Exegese in die casuistische Werkstätte der classischen Juristen. Sie lehrte den Hörer jene Principien anwenden, combiniren und die kluge maßhaltende Beschränkung des Stoffs erzeugte statt voller Befriedigung oder Uebersättigung, immer von Neuem das Verlangen tieferen Eindringens. Alle durch persönliche Leidenschaft erregten Streitigkeiten blieben unberührt. Einzig im Interesse der Wissenschaft wurden abweichende Ansichten mit ruhiger Klarheit widerlegt und nur bei besonders schwachen

sive dicendi nervos spectes quod magis accedat ad mathematicorum laudem.
**⁴¹*) Beruf S. 124. 125 „Eine gerade entgegengesetzte und viel verbreitetere Ansicht geht darauf, daß das Römische Recht viel leichter genommen werden könne und müsse — man könne sich mit dem, was man den Geist dieses Rechts nannte, begnügen. Dieser Geist nun besteht in dem, was sonst Institutionen heißt und was zum ersten Orientiren ganz gute Dienste leisten kann: die allgemeinsten Begriffe und Sätze ohne kritische Prüfung, ohne Anwendung und besonders ohne Quellenanschauung, wodurch alles erst wahres Leben erhält. Dieses nun ist ganz umsonst und wenn man nicht mehr thun will, so ist selbst diese wenige Zeit völlig verloren."

Lehrmeinungen „der Neueren" trat hin und wieder eine leise über-
legene Ironie in Wort und Geberde zu Tage.

Den höchsten Werth aber gab diesem Allen erst die edle Gesinnung,
in welcher der Lehrberuf von Savigny gefaßt wurde. Savigny wen-
dete sich an den zahlreichen und ehrenwerthen Mittelstand, oder nach
seinen eignen Worten an „diejenigen, die einer höheren Anregung oft
bedürftig, aber auch meist empfänglich sind und deren geistige Leitung
eben deßhalb so wichtig und heilsam ist." Für diese aus allen
Kräften zu sorgen, sagt er in seinem Aufsatz über die Universitäten,
soll sich jeder Lehrer zur Ehre rechnen; er soll ihnen das Beste,
was er vermag, darbieten, das Schwierige zumuten, aber er soll
es auch nicht verschmähen, um ihretwillen nach ächter Popularität
zu streben. Manche sehen dieses Streben als Herablassung an
und schreiben ihm wohl gar einen zweideutigen Werth zu, da es doch
in sehr vielen Fällen blos in der vollkommenen Ausbildung der Gedanken selbst besteht. Es hat — setzt er hinzu — hierin mit den Universitäten eine ähnliche Bewandniß, wie mit den Staaten. Auch in
diesen werden große Helden und Staatsmänner, Gelehrte und Künstler
vom ersten Rang, werden einzelne durch großen Einfluß und Reichthum ausgezeichnete Stände viel dazu beitragen können, den Zustand des Ganzen zu verherrlichen, aber die Kraft und Dauer des
Staats beruht auf ihnen nicht. Noch weniger beruht dieselbe auf
den Knechten und Tagelöhnern, oder gar auf dem wandernden
heimathlosen Gesindel. Sie beruht auf den zahlreichen Mittelstän-
den, die sich theils einer geistigen Beschäftigung, theils dem Land-
bau und Gewerbe, in den mannigfaltigsten Arten und Abstufungen
widmen, und auf dem gesunden Verstand und der tüchtigen Gesinnung, die in diesen Ständen herrschend sind").

In der ächten Humanität, die wir in diesem Ausdruck gleicher
harmonischer Geistes- und Herzensbildung wiederfinden, erscheint
Savigny, besonders mit Dreien unter jenen großen verstorbenen
Trägern des Geistes unsrer Hochschule geistesverwandt: mit Fichte,
mit Schleiermacher, mit Neander. Wie verschieden ihre Individuali-
täten und ihre Lehrkreise sein mogten: in einem Punkte stimmen sie
zusammen: in der vollen Würdigung des sittlichen Elements in dem

---

**) Verm. Schriften 4, Nr. 43, 307. 308. (Wesen und Werth der deut-
schen Universitäten.)

Lehrberuf neben der Kenntniß und dem Talent, welches eine einseitige herzensdürre Verstandesbildung nicht selten als das allein Entscheidende gelten zu lassen geneigt ist. Und in dieser Durchbildung von Grund aus beruht zugleich das Geheimniß eines äußern Erfolgs, der aus seiner eminenten Befähigung allein nicht erklärt werden kann, sondern durch die sitttlichen Kräfte, die Reinheit seines Wesens, die männliche würdevolle Ruhe und Besonnenheit, die Bescheidenheit und Milde, besonders aber durch die liebevolle Wärme seiner ganzen Persönlichkeit mindestens in gleichem, wenn nicht höherem Grade bedingt war.

„Ich kann Dir nicht genug beschreiben — heißt es in einer auch in nichtwissenschaftlichen Kreisen bekannten Darstellung aus der Landshuter Zeit — wie groß Savignys Talent ist, mit jungen Leuten umzugehen; er fühlt eine wahre Begeisterung für ihr Streben, ihren Fleiß; eine Aufgabe, die er ihnen stellt, macht — wenn sie gut behandelt wird, — ihn ganz glücklich, er mögte gleich sein Innerstes mit ihnen theilen, er berechnet ihre Zukunft, ihr Geschick und ein leuchtender Eifer der Güte erhellt ihnen den Weg, man kann von ihm sagen, daß die Unschuld seiner Jugend auch der Geleitsengel seiner jetzigen Zeit ist und das ist eigentlich sein Character, die Liebe zu denen, denen er mit den schönsten Kräften seines Geistes und seiner Seele dient — diese Güte, mit der er sich allen gleichstellt, bei seiner ästhetischen Gelehrtheit macht ihn doppelt groß [4])."

In einer solchen Natur mußte sich die Rechtswissenschaft der Anschauung der Zeitgenossen gleichsam verkörpern, und sie ist in ihr in der That beinahe Person geworden.

Denn unbestritten und unbeneidet trat Savigny als erste Zierde und Autorität an die Spitze des Rechtsstudiums, fast während zweier Menschenalter, nicht nur in seinem besondern Fach, sondern für das gesammte Rechtsgebiet, nicht nur in Deutschland, sondern in Europa und der wissenschaftlich gebildeten Welt. Hatte es im Mittelalter unsere Vorfahren über die Alpen nach Bologna gezogen, so werden heute die Pandekten dort mit dem hermeneutischen Abschnitt des Savigny'schen Systems vorschriftsmäßig eröffnet [4b]).

---

[4]) Briefwechsel Goethe's mit einem Kinde. Bd. 2. 26. Mai 1810.

[4b]) Vergl. den Aufsatz „Ein Lectionscatalog der Universität zu Bologna"

Im Reformationszeitalter waren die französischen Civilisten, Cujacius und seine Freunde, die Führer der Bewegung und die Verbreiter des Lichts gewesen, welches die humanistische Reaction gegen die Scholastik auch auf die Rechtswissenschaft, namentlich die romanistische, geworfen hatte. Seit Savigny durfte Goethe sagen: „Wenn sie (die Franzosen) uns von jeher den Fleiß nicht streitig machten, aber ihn doch als operos, mühsam und lästig ansahen, so schätzen sie jetzt mit besonderem Nachdruck diejenigen Werke, die wir gleichfalls hoch achten. Ich gedenke vor allen der Verdienste Savigny's und Niebuhr's [46])." Und es ist nicht Frankreich und Italien allein, denen er mit Wucher zurück gezahlt, was sie an geistigem Capital uns dargeliehen: in alle Culturfsprachen Europa's übersetzt haben Savigny's Werke seinen Namen und seine lichten Gedanken hinausgetragen bis an die Marken der Gesittung.

Einer so außerordentlichen Bedeutsamkeit in der Ausübung und Leitung der Rechtswissenschaft durfte das entsprechende Handeln, die praktische Ausmündung in die Gesetzgebung und Rechtspflege nicht fehlen, wozu die Rechtswissenschaft ja nur theoretisch vorbereiten will. In diese Theilnahme am öffentlichen Leben trat Savigny bereits im Jahre 1817 ein, in welchem er als Geheimer Justizrath in das neu geschaffene wichtige berathende Organ der Krone, den Staatsrath und zwar in dessen Justizabtheilung berufen ward. Zwei Jahre später, 1819, wurde er als Geheimer Ober-Revisionsrath Mitglied des höchsten Gerichtshofs für die Rheinprovinz, welcher als Revisions- und Kassationshof für das gesammte gemeinrechtliche und französische Rechtsgebiet dieser Provinz in Berlin errichtet worden war. Im Jahre 1826 hatte man zur Revision der gesammten preußischen Gesetzgebung aus Mitgliedern des Justizministeriums, des Staatsraths, der höchsten Gerichtshöfe und Obergerichte unter dem Vorsitz des Grafen von Dankelmann eine Gesetzrevisionscommission gebildet. Unter den Gliedern des rheinischen höchsten Gerichtshofs, welche in dieselbe aufgenommen wurden, war Savigny [47]). Diese gehäuften Bürden machten in den

---

in Joseph Lehmann's Magazin für die Litteratur des Auslandes 1861 Nr. 51 S. 606.

[46]) Goethe's Werke, vollständige Ausgabe letzter Hand 49, 132.

[47]) Actenmäßige Darstellung u. s. w. in d. Kampz, Jahrb. für die preuß. Gesetzgebung u. s. w. Bd. 60 §. 17 S. 73.

Jahren 1825 bis 1827 für seine durch Nervenleiden geschwächte Gesundheit wiederholt einen längern Aufenthalt in Italien nothwendig, welcher der Wissenschaft die beiden werthvollen Aufsätze über Wesen und Werth der deutschen Universitäten und über den Rechtsunterricht in Italien eingetragen hat, von denen ersterer jedoch erst 1832 veröffentlicht worden ist. Mit neuem Eifer wurden sämmtliche Thätigkeiten nach der Rückkehr in die Heimath wieder aufgenommen.

Manche haben die praktische Thätigkeit Savignys im Interesse seines durch dieselbe beeinträchtigten Berufs zum Lehrer und Schriftsteller beklagt. Diese aber vergessen über der äußern Beschränkung des Umfangs die innere Belebung, welche die mannichfaltige Theilnahme an praktischen Geschäften auf jene vielleicht äußerlich verminderten Leistungen ausgeübt hat. Eben in jenem Aufsatz über die Universitäten hat Savigny selbst sich in diesem Sinne ausgesprochen. „In gehörige Gränzen eingeschlossen," sagt er, „kann diese Störung ein heilsames Gegengewicht gegen die Einseitigkeit des Gelehrtenstandes abgeben und so durch Erweiterung des Gesichtskreises und durch Belebung der bloßen Bücherstudien die fruchtbarste Rückwirkung auf den Lehrberuf ausüben [48])." Gegen die gefährliche Ueberschreitung dieser Gränzen aber bewahrte ihn seine stets maßhaltende Selbstüberwachung und der Reichthum seiner Begabung: „Zweitens," fährt er fort, „wird es leicht geschehen, daß die Theilnahme am öffentlichen Leben so viel Zeit und Kraft, besonders aber so viel lebendiges Interesse in Anspruch nimmt, daß daneben der Lehrberuf zurückgesetzt und als Nebensache behandelt werden muß. Ein solches Verhältniß aber ist schlechthin verwerflich. Denn wie entschieden auch der Beruf zum öffentlichen Leben sein möge, so ist doch das Lehramt zu ernst und würdig, um anders, als mit voller Kraft und Liebe geführt zu werden und wer die Sache redlich und gewissenhaft ansieht, wird es dann lieber aufgeben, als durch vernachlässigte Führung herabwürdigen wollen. [50])".

Auf der andern Seite ist nicht außer Acht zu lassen, wie viel das preußische Vaterland, das seiner hochsinnigen Aufnahme freu-

---

[48]) Berm. Schriften 4, Nr. 43 u. 44.
[49]) Berm. Schriften 5, 297.
[50]) Ebenda 5, 299.

der höherer Culturelemente ein wesentliches Moment seines Auf-
schwungs verdankt und an welchem Savigny mit aller Kraft der
Liebe hieng, durch die Theilnahme eines Mannes an den öffentlichen
Angelegenheiten der Gesetzgebung und Rechtspflege gewann, der,
ganz im Geiste seines Ahnherrn die ethische Größe des erblichen
Königthums und das sittliche Wesen wahrer Freiheit des Volkes
mit gleich unbestechlicher Logik des Verstandes, wie treuer Hinge-
bung des Herzens in sich trug. „Der einfache Unterschied des
Despotismus und der Freiheit — das sind seine eigenen Worte
— wird ewig darin bestehen, daß der Regent (oder eigentlich die,
denen er Gewalt giebt) dort eigenwillig oder willkürlich schaltet,
hier aber Natur und Geschichte in den lebendigen Kräften des
Volks ehrt, daß ihm dort das Volk ein todter Stoff ist, den er
bearbeitet, hier aber ein Organismus höherer Art, zu dessen Haupt
ihn Gott gesetzt hat und mit welchem er innerlich eins werden
soll. Ich wiederhole es, daß dieser Gegensatz des Despotismus
und der Freiheit bei den verschiedensten Formen der Verfassung gedacht werden kann; eine absolute Monarchie kann durch den Geist
der Regierung im edelsten Sinne frei sein, wie eine Republik des
härtesten Despotismus empfänglich ist, obgleich freilich auch manche
Formen den einen oder den andern dieser Zustände mehr begün-
stigen. Ferner kann nicht blos die höchste Regierung eines Staats,
sondern jedes Amt im Staate in diesem Sinne despotisch oder mit
Achtung für Freiheit geführt werden, auch ist es das größte Miß-
verständniß, wenn man despotischen Character nur bei harten äußeren Formen oder nur bei persönlich schlechter eigennütziger Absicht
anzutreffen glaubt. Darum bleibt er dennoch aber in sich immer
gleich schlecht" [81]).

Die innere Entwickelung unseres Staats hat, seitdem Savigny im Jahre 1815 diese Worte schrieb, zu immer reicherer und
weiterer Betheiligung an den öffentlichen Angelegenheiten hinge-
führt. Savigny hat nie Denen angehört, welche diesem Formenreichthum, es sei im Interesse der fürstlichen Gewalt selbst, oder
der Freiheit und Leichtigkeit der Verwaltung abgeneigt waren.
„Denn (sagt er im Jahre 1832) der absolute Gegensatz zwischen
Monarchie und democratischen Elementen der Verfassung ist durch-
aus irrig. Solche Elemente sind in allen Nationen, ganz beson-

---

[81]) Verm. Schriften 5, 131.

bers in den germanischen Völkerstämmen, wirklich vorhanden und bilden einen wesentlichen Theil des Nationalzustandes. Nur eine kurzsichtige Politik kann ihr Dasein ignoriren wollen und sich einbilden, sie wären nicht da, wenn man die Augen davor verschließt. Die wahre Aufgabe besteht vielmehr darin, diesen Kräften ihren angemessenen Wirkungskreis zu verschaffen; dann wird es sich zeigen, daß die Monarchie, weit entfernt durch sie gefährdet zu werden, vielmehr Kraft und Leben aus ihnen ziehen kann. Gerade in dem Communalwesen aber ist es, wo jene democratischen Elemente mehr als anderswo naturgemäß und heilsam ihre Wirksamkeit äußern werden. Der eigentliche Grund jenes Irrthums nun liegt in der Verwechselung von zwei ganz verschiedenen politischen Gegensätzen: ich meine den Gegensatz monarchischer oder republicanischer Verfassung und den einer mehr centralen oder örtlichen Verwaltung" [52]). Aus diesem Gesichtspunkte vertheidigt er den Gedanken der preußischen Städteordnung von 1808 durch das historische Beispiel der freien Gemeindeverfassungen Frankreichs unter der alten Monarchie, im Gegensatz der Unterdrückung unter der spätern Centralisation.

Aber eben so weit ist er davon entfernt, jenen größern Formenreichthum in der erweiterten Berathung öffentlicher Angelegenheiten zu überschätzen, sobald nicht die rechte Einsicht und Gesinnung mit der erweiterten Macht Hand in Hand geht. „Gewiß, sagt er, hören, lesen und reden jetzt Unzählige von öffentlichen Dingen, die sonst nicht daran dachten und Viele spüren die Neigung, sich damit zu befassen, die vormals über ihren engen Beruf nicht hinwegsahen. Aber jene Verbreitung ist darum nicht erhöhte Einsicht, und diese Neigung ist von wahrem Bürgersinn, das heißt von hingebender selbstverläugnender Liebe zum gemeinen Wohl noch sehr verschieden" [53]). In gleichem Sinne und gleichzeitig wie hier über die städtischen, urtheilt er über die neu gebildeten ständischen Verfassungen. „Kein Unbefangener wird verkennen, heißt es in dem Aufsatze über die Universitäten (1832), daß das lebendige und vielseitige Interesse an diesen Dingen einen eigenthümlichen Vorzug unserer Zeit bildet, und wie nahe liegt es besonders dem Gelehr-

[52]) Die Preuß. Städteordnung. (1832.) Verm. Schriften 5, Nr. 54 S. 208.
[53]) Ebenda S. 185.

tenstande, Dasjenige, was er in seinem Innern gebildet und durchlebt hat, auch mit der wirklichen Welt in Berührung zu bringen.
Nur ist dabei von unserm gegenwärtigen Standpuncte aus wohl
zu erwägen, daß das Geschäft des Regierens und Gesetzgebens,
worauf dort ein so mannigfaltiger Einfluß durch Urtheil und Rath,
theils von Mitgliedern der Ständeversammlungen, theils von politischen Schriftstellern, ausgeübt wird, ein Geschäft von so großer
Schwierigkeit und Verantwortung ist, daß Jedem, der sich dazu
geneigt fühlt, ein recht großes Mißtrauen in die eigenen Kräfte,
gleichsam als erste Bedingung der Tüchtigkeit, zu wünschen ist, damit er nicht ohne die strengste Prüfung seinen Entschluß fasse. Es
giebt in unseren Tagen nicht wenig wohlmeinende Menschen, welche
zu der Betrachtung der öffentlichen Dinge eine jugendfrohe Ansicht,
eine Hoffnung ohne bestimmten Grund hinzubringen. Diese werden meist durch gewisse herrschende Vorstellungen und Formeln
befriedigt, die überall wiederhallen und hinlänglich auf der Ober-
fläche liegen, um von der Menge ergriffen und als gemeinsames
Abzeichen getragen und geliebt zu werden. Haben sie sich diese
Vorstellungen recht geläufig gemacht, und erblicken sie sich damit
in einer mehr zahlreichen als ausgewählten Gesellschaft, so sehen sie
darin eine Bürgschaft für ihren wahren Beruf zum öffentlichen
Leben; blickten sie tiefer, so würden sie eben darin viel mehr Grund
zum doppelten Mißtrauen gegen sich selbst finden". In gleichem
Geiste, wie hier die Betheiligung der academischen Lehrer, faßt er
die der academischen Jugend an den öffentlichen Angelegenheiten
auf. Er verlangt von ihr ein ernsteres als das gewöhnliche oberflächliche politische Interesse. „Wie könnte man tabeln, sagt er,
wenn junge Männer, die größtentheils dazu bestimmt sind, in
das öffentliche Leben einzugreifen, an diesem schon jetzt einen
warmen Antheil nehmen? Aber lieben sie ihr Vaterland wahrhaft,
so sollen sie diese Liebe dadurch bewähren, daß sie sich mit
gründlichem Ernst zum öffentlichen Beruf ausbilden. Und Nichts
kann diese Ausbildung mehr stören, als der thörigte Dünkel, wo-
mit sie sich ein eigenes Urtheil anmaßen, wie es ihnen noch nicht
zukommt; ebenso das Parteiwesen, welches überall, wo es sich
zeigt, den freien edlen Blick in Leben und Wissenschaft trübt. Gar
Vielen ist durch ihre Natur nur ein beschränktes Maß der Theilnahme an öffentlichen Dingen verliehen, und wenn sie nun dieses
beschränkte Maß in flachem und unwahrem Enthusiasmus ver-

braucht haben, bleibt für das thätige Mannesalter nichts übrig, als kalte Selbstsucht und vielleicht der Eigensinn angewöhnter Vorurtheile"[54]). — Ueberall ist es in Savigny's Sinne der sittlich patriotische Geist, der das Vaterland und nicht in verwerflichem Egoismus sich selbst will, welcher wahrhaft frei macht und „ob ein Fürst das Gesetz macht, oder ein Senat, oder eine größere, etwa durch Wahlen gebildete Versammlung, ob vielleicht die Einstimmung mehrer solcher Gewalten für die Gesetzgebung erfordert wird, das ändert ihm Nichts in dem wesentlichen Verhältniß des Gesetzgebens zum Volksrecht und es gehört zu der schon gerügten Verwirrung der Begriffe, wenn Manche glauben, nur in dem von gewählten Repräsentanten gemachten Gesetz sei wahres Volksrecht enthalten"[55]).

Derselbe Hinblick auf das sittliche Ganze leitet ihn bei der Frage nach der Möglichkeit eines Eingriffs in erworbene Rechte auf dem Wege der Gesetzgebung, die er danach „von dem absoluten Rechtsboden" auf das Gebiet der Gesetzgebungspolitik hinüber leitet, „wo ihr eigentlicher Sitz ist"[56]). Er ist gleich entfernt von den extremen politischen Ansichten, von denen die eine keine Vergangenheit, die andere keine Zukunft hat, weil jene den Begriff des erworbenen Rechts, diese jede von der Zeit gebotene Verbesserung ausschließt.

Denkt man sich eine so tiefe und edle Auffassung des legislativen Berufs getragen von Savigny's Geistesschärfe, Klarheit, Gelehrsamkeit und oratorischer Begabung, so begreift man den glänzenden Eindruck, welchen er im damaligen Staatsrath auf Männer des Worts und der That, wie Gneisenau, Clausewitz, Grolmann und Andre hervorgerufen hat und versteht zugleich einigermaßen das Ansehen, das ein Organ der Gesetzgebung genoß, welches, wie jener Rath der Krone, durch das Gewicht der betheiligten Namen den Mangel parlamentarischer Weite zu ersetzen hatte.

In gleicher Weise, wie in der Gesetzgebung, überall in die Discussion lebendig und scharf eingreifend, wirkte Savigny in der Rechtspflege.

---

[54]) Wesen und Werth der deutschen Universitäten. Verm. Schriften (1832). 4, S. 298. 299.
[55]) System I, 39. 40. (1840).
[56]) System 8, §. 409 S. 532 f.

Aber noch fehlte auf dem Gebiet der Theorie jener Lebens-
abschluß, zu welchem der glänzende Anfang monographischer Bearbeitung des Dogma und die ganze vorwiegend historische Episode
seines wissenschaftlichen Lebens, die praktischen staatsmännischen legislativen richterlichen Erfahrungen und Anschauungen nur eine
einzige großartige Vorarbeit gebildet hatten: nämlich das „System
des heutigen römischen Rechts", die letzte und großartigste der vier
Hauptschöpfungen Savigny's. Es wurde begonnen, um in der
Wissenschaft den Trost der Arbeit zu finden für den Verlust der
einzigen geliebten Tochter, welche, an Constantin Schinas in Athen
verheirathet und im Jahre 1835 verstorben war. Bestimmt, das
Lebendige und Abgestorbene im Römischen Recht zu scheiden und
jenes zur Anschauung Derer zu bringen, welchen ihr praktischer
Beruf jenes tiefere Quellenstudium unmöglich macht, das Savigny
verlangt, ist jenes Werk universell und kosmopolitisch, wie die völ-
kerverbindende Wissenschaft, welche von jenem unsterblichen Cultur-
element getragen wird. „Die angemessene Stimmung für eine
solche zusammenfassende Arbeit, sagt die Vorrede, „ist die der Ehrerbietung gegen das Große, welches uns in den Leistungen unserer
Vorgänger erscheint. Damit aber diese Ehrerbietung nicht in be-
schränkende Einseitigkeit ausarte und so die Freiheit des Denkens
gefährde, ist es nöthig, den Blick unverwandt auf das letzte Ziel
der Wissenschaft zu richten, in Vergleichung mit welchem auch das
Größte, das der Einzelne zu leisten vermag, als unvollkommen erscheinen muß. ... Die angemessene Stimmung für eine solche
prüfende Arbeit ist die der geistigen Freiheit, der Unabhängigkeit
von aller Autorität; damit aber dieses Freiheitsgefühl nicht in
Uebermut ausarte, muß das heilsame Gefühl der Demut hinzu-
treten, die natürliche Frucht unbefangener Erwägung der Beschränkt-
heit unserer persönlichen Kräfte, welche allein jene Freiheit des
Blicks zu eigenen Leistungen befruchten kann[57]"".
  Die Resultate dieser kritischen Revision der von unsern
Vorgängern geleisteten Arbeit sind, ganz im Geist der historischen
Schule, oft rein negativ, indem ein Institut als erstorben oder
durch falsche Lehrmeinungen eingeschoben nachgewiesen wird.
Wer aber Steine aus dem Wege räumt oder gegen Abwege
warnt durch aufgestellte Wegweiser, der verbessert doch wesentlich

---

[57] System I, X—XII.

den Zustand seiner Nachfolger; mag es auch bald vergessen wer=
den, daß es jemals eine Zeit gab, worin hier Schwierigkeiten zu
bestehen waren⁶⁶)".

Wäre das Werk früher unternommen, der Verfasser würde
auch den Blick in den Abgrund der Dogmengeschichte, in die
Stoffmassen der Exegeten, Responsen, Consilien nicht gescheut
haben, zu deren Bewältigung die Geschichte des römischen
Rechts im Mittelalter die Wege geebnet hatte. Hätte es vollen=
det werden können, es würde für die Litteraturepoche der deutschen
Freiheitskriege im Rechtsgebiet geleistet haben, was Hugo Donel=
lus' geistvolle Commentare für die französische Schule des Refor=
mationszeitalters geworden sind, der gesammte Aufschwung der
Rechtswissenschaft des neunzehnten Jahrhunderts würde in ihm ver=
körpert erscheinen. Aber auch schon der allein vollendete allge=
meine Theil genügt, der Wissenschaft den weitern Weg zu zeigen,
auf dem sie in der Auseinandersetzung des alten und neuen, des
fremden und nationalen Rechts fortzuschreiten hat.

Noch schwerere Geschäftsbürden, als Savigny schon bisher
getragen, haben leider die gleichmäßige Fortführung der begonnenen
Arbeit, deren fünf erste Bände 1840 und 1841 in rascher Folge
erschienen, dem sechszigjährigen Manne nicht verstattet.

Bereits der Reichsfreiherr von Stein hatte auf Savigny als
künftigen Großkanzler des preußischen Staats hingewiesen und die
Verdienste des Letztern um das vaterländische Recht hatten bestä=
tigt, wie richtig der klare Blick des größesten und kühnsten der
preußisch=deutschen Staatsmänner gesehen. War es doch Savigny
gewesen, der, wie von treuer und berufener Seite an anderer
Stelle anerkannt worden ist⁶⁹), das Preußische Recht durch wohl=
wollende Kritik, durch Vorlesungen⁶⁰), durch seine Reform der ge=
sammten Rechtswissenschaft, gepflegt, der landrechtlichen Litteratur
geschichtliches und wissenschaftliches Leben gegeben und den verein=
zelten Zweig durch die Lebenskräfte des Ganzen vor dem Vertrock=
nen geschützt hatte. Hatte doch sein Vorbild und sein Unterricht

---

⁶⁶) System I, XXXIII.
⁶⁹) Dr. Heydemann's Rede in der deutschen Gerichtszeitung, Organ des
deutschen Juristentages 1861 Nr. 90 S. 364.
⁶⁰) Savigny selbst hat das Landrecht während der Jahre 1819 bis 1832
fünf mal gelesen, auch die Errichtung einer ordentlichen Professur für dasselbe
an unserer Hochschule ist sein Werk.

die Rechtspflege gleich wohlthätig belebet, in dem ehrenwerthen preußischen Richterstande den wissenschaftlichen Sinn verstärkt und die Praxis vor dem Entarten in einen mechanischen banausischen Geschäftsbetrieb bewahrt.

Unmittelbar vor dem Eintritt Savigny's in jenes hohe Staatsamt mußte er Abschied nehmen von seiner geliebten und ruhmreichen zwei und vierzigjährigen Lehrthätigkeit. Mit Jacob Grimm eilte ich in seine letzte Vorlesung, die Stimme des geliebten Lehrers noch einmal zu vernehmen. In seiner maßvollen selbstvergessenen Zurückhaltung deutete er nur leise an, daß ihm der Abschied mehr als je das Herz bewege. Erst in einem gedruckten Abschiedsworte an seine Zuhörer, welches am 5. März 1842 erschien, wagt er auszusprechen, daß jeder geistige Lebensberuf nur durch die Bewahrung jener frischen jugendlichen Freude an fortschreitender Erkenntniß der Wahrheit belebt, veredelt und würdig erfüllt werden könne, vermöge deren das Leben der studierenden Jugend zu allen Zeiten und überall für ein besonders erfreuliches gehalten worden sei. „So möge denn, sagt er zum Schluß, „auch mich die dankbare Empfindung an mein vieljähriges Lehramt in neue Lebenskreise hin schützend und belebend begleiten. Alles Wohlwollen und Vertrauen, das mir seit mehr als dreißig Jahren von den Studierenden in Berlin so reichlich gewährt worden ist, drängt sich mir jetzt bei der Trennung zu Einer unvertilgbaren Erinnerung zusammen, und wird mir durch den freundlichen Abschied, den Sie von mir nahmen, noch besonders eingeprägt. Die Trennung von dem geliebten Lehramt ist mir schmerzlich geworden und dieser Schmerz wird durch den öffentlichen ehrenvollen Beweis Ihrer Theilnahme zugleich erhöht und gemildert, indem ich hoffen darf, daß Ihr Wohlwollen das nunmehr aufgelöste Verhältniß unmittelbarer Berührung überdauern werde[61])".

Unmittelbar darauf trat Savigny an die Spitze des durch die allgemeine Kabinets-Ordre vom 28. Februar 1842 von der Justizverwaltung getrennten und ihm übertragenen Ministeriums der Gesetzrevision, und eine zweite Kabinets-Ordre von demselben Tage bezeichnete ihren Gang. Im Geiste Savigny's sollte Statt

---

[61]) Die Gelegenheitsschrift der Juristenfacultät, welche Savigny bei seinem Abschiede von der Universität überreicht wurde, steht wieder abgedruckt in der Zeitschrift für Rechtsgeschichte 1861 Bd. I S. 168 f.

einer neuen Codification des Landrechts nur Aussonderung des Veralteten, Verbesserung des in der Anwendung nicht Bewährten erstrebt werden. Für die Provinzialrechte ist Statt auf fortgesetzte Codification auf wissenschaftliche Bearbeitung hinzuwirken. Die Einzelgesetzgebung sollte auf die dringendsten Fragen des materiellen Rechts, die Prozeßgesetzgebung auf die Gerichtsverfassung und das Verfahren im Gebiet der preußischen Gerichtsordnung Bedacht nehmen[62]).

Sieht man bei der Ausführung dieser Aufgabe einzig auf den bleibenden äußern Erfolg, so könnte man die wechselrechtliche Gesetzgebung, welche zu dem ersten neuern gemeinsamen Gesetz der deutschen Staaten geführt hat, für den wichtigsten Ertrag der Savigny'schen Legislaturperiode erklären wollen. Blickt man aber tiefer, so muß man den menschlichen und sittlichen Geist höher anschlagen, von welchem die Ehegesetzgebung und das Strafrecht durchdrungen ist. Jene entfernt die leichtfertigen Scheidungsgründe der Willkür und der Abneigung, und in dem revidirten Entwurf der Strafgesetzgebung, welchen Savigny 1845 vorlegte, erscheint keines von jenen Strafleiden, welche, wie die körperliche Züchtigung, die geschärfte Todesstrafe und die Gütereinziehung die sittliche Aufgabe des strafenden Rechts aus dem Gesicht verlieren: den Grund der Missethat zu erfassen und den Willen des Menschen umzulenken, der in der eigenen zugleich die Gesammtschuld abbüßt. Im Civilprozeß wurde wenigstens die Oeffentlichkeit 1847[63]) erreicht. Das mündliche Gehör der Partei vor dem Spruchrichter, welches schon Friedrich der Große gewollt hatte, war gleich Anfangs (1843) erstrebt, aber in dieser Form nicht durchzubringen gewesen, weil das zwiespältige materielle Prozeßrecht widerstrebte. Ein würdigeres Verfahren in Ehesachen, in einer Denkschrift[64]) Savigny's öffentlich vertreten, trat schon 1844 ins Leben.

Savigny schließt die Reihe der Gesetzgebungsminister des

---

[62]) Die erste Ordre steht in der Gesetzsamml. 1842 S. 199, die zweite im Justiz Min. Bl. S. 182.

[63]) Verordnung v. 7. April 1847. Gesetzsammlung 1847 S. 131.

[64]) Darstellung der in den Preußischen Gesetzen über die Ehescheidung unternommenen Reform. Berlin 1844. Wiederholt in den Verm. Schriften 4, Num. 55 S. 222 ff.

Preußischen Staats mit den alten hohen Amtsbefugnissen. Die Störungen unseres vorzugsweise durch seine innere Einheit gesunden und kräftigen Staatsorganismus, welche die Erweiterung der öffentlichen Theilnahme an der Gesetzgebung im Jahre 1848 begleiteten, haben ihn und seine Amtsgenossen in den Ruhestand versetzt und das Urteil über seine Amtsführung durch Parteileidenschaften getrübt. Wenn im Lauf der Geschichte einst auch diese Leidenschaften zur Ruhe eingegangen sein werden, so wird das objective Urteil ohne Zweifel dahin lauten, daß Savigny die „freie That" der Gesetzgebung in keinem andern Geiste geübt hat, wie die der Wissenschaft.

Die erlangte Muße gestattete Savigny das durch seine sechsjährige Verwaltung des Gesetzgebungsministeriums unterbrochene System des heutigen römischen Rechts, von dem nur noch Ein Band, der sechste, im Jahre 1847 hatte erscheinen können, wieder anzunehmen und wenigstens den allgemeinen Theil mit dem siebenten und achten Bande zum Abschluß zu bringen.

Im Jahre 1850, an dessen letztem Octobertage Glückwünsche und Abgeordnete der Hochschulen, der Academieen, der Spitzen der Justiz und Verwaltung wetteiferten, dem Fest der funzigjährigen Doctorwürde Savigny's den höchsten äußeren Glanz eines Ehrentages des ganzen Vaterlandes zu leihen, bereitete er sich eine stillere Feier dankbaren und bescheidenen Rückblicks auf das durch sein Verdienst für den Fortschritt der Rechtswissenschaft so fruchtbare Halbjahrhundert. In fünf Bänden sammelte er alle jene kleinen weit zerstreuten Abhandlungen aus dem Gebiete der römischen Rechtsgeschichte im Alterthum, der Quellenkunde, der Gelehrtengeschichte, der Lehranstalten, der Verfassung und Gesetzgebung. „Die Sammlung — heißt es wörtlich in der Vorrede dieser „Vermischten Schriften", welche Savigny neben seinen vier Hauptwerken in jener Zeit veröffentlicht hatte, — „die Sammlung selbst gewährt einen Ueberblick über die fünfzigjährige Entwicklung unserer Rechtswissenschaft, woran der Verfasser einen oft nicht unthätigen und stets warmen Antheil genommen hat. Für die sehr wenigen Leser, welche diesen langen Zeitraum in wissenschaftlichem Bewußtsein mit durchlebt haben, kann die Vergegenwärtigung der vergangenen Zeit nicht ohne Interesse sein. Und für die weit mehreren, deren eigene Erinnerung nicht so weit aufwärts reicht, kann eine

solche Sammlung theilweise den Eindruck des selbst Erlebten er=
setzen⁵⁶)".

Eine besondere Freude gewährte der Rückblick auf den Reich=
thum an neu entdeckten Quellen, der diese Fünfzig Jahre des Auf=
schwungs fast an das Reformationszeitalter anschließt, während die
Zwischenzeit hieran ganz arm erscheint. Es ist keine darunter, an
welcher Savigny nicht den freudigsten und in irgend einer Form
auch den thätigsten Antheil genommen hätte. Er war es, der den
Ulpian auf seine ursprüngliche Grundlage zurückführte. Er war
es, der durch die Academie, durch seine Freunde und Schüler
Göschen und Bethmann=Hollweg die Hebung des Schatzes vermit=
telte, den sein Freund Niebuhr 1816 in Verona entdeckt hatte,
und welcher, nachdem er gehoben, den Gaius durch zweimalige
Vorlesungen und eine Fülle glänzender Verbesserungen der römi=
schen Rechtswissenschaft aufschloß. Er war es endlich, der eine
noch allgemeinere Quelle gründlicher römischer Geschichtsforschung
eröffnete, indem er im Jahre 1846 die planmäßige auf locale
Vorarbeiten gegründete Sammlung und kritische Bearbeitung der
ächten lateinischen Inschriften unter dem Schutze und der Leitung
unserer Academie in's Leben rief. Zu Stelle des Unternehmens,
welches die französische Regierung unter der Villemainschen Ver=
waltung mit ebenso außerordentlichen Geldmitteln wie ungenügen=
der Ausführung begonnen und aufgegeben hatte, hat Savigny ein
vaterländisches begründet, dessen Lösung — wir hoffen es — zu
nicht minderer Ehre Deutschlands und gleicher Förderung der Al=
terthumskunde gereichen wird, wie das ältere Schwesterunterneh=
men für die Epigraphik Griechischer Zunge⁵⁶).

Mit diesem Rückblick gedachte er, angelangt an der normalen
Gränze eines köstlichen Menschenlebens voller Mühe und Arbeit,
seine schriftstellerische Laufbahn zu schließen. Zwar ließ er sich

---

⁵⁵) Durch ein Versehen fehlt die Recension von Glück's Intestaterbfolge
in der Sammlung der Recensionen, welche die siebente Abtheilung füllen. Sie
erschien in der Jenaischen Litteraturzeitung 1804 und Savigny hat sie, als der
Zweifel entstand, ob sie von ihm oder von Heise herrühre, gegen mich aus=
drücklich als die seinige anerkannt.
⁵⁶) Acten der Königl. Academie der Wissenschaften, Abschnitt II von 1812
an, Abth. VI d. No. 17 a unter der Rubrik: „Wissenschaftliche Unternehmun=
gen der philosophisch = historischen Klasse, Blatt 41 (Schreiben des Staatministers
von Savigny vom 26. Januar 1846).

noch bewegen, zwei Bände des allgemeinen Obligationenrechts, welches ihm unter den speziellen Lehren des Rechtssystems am meisten am Herzen lag, während der Jahre 1851 und 1853 zu vollenden. Aber er that es nur auf die bringende Bitte eines ihm sehr werthen Freundes und Schülers aus der Landhuter Zeit, des um die Umgestaltung des rechtswissenschaftlichen Unterrichts auf den österreichischen Universitäten hochverdienten Reichraths Freiherrn von Salvotti. Die Bitte, wenigstens noch die Culpa und die Lehre vom Interesse auf ihre ächten einfachen Grundgedanken zurückzuführen, schlug er wiederholt ab, und gerade Funfzig Jahre nach dem Erscheinen des Besitzrechts endet demnach seine litterarische Thätigkeit. Den historischen Sinn gegen sich selbst kehrend, verzichtete er selbstbewußt und selbstvergessen auf den Anspruch, mit abnehmender Kraft auf dem Felde derselben Wissenschaft fortwirken zu wollen, in welche er einst im Besitz der vollen Geistesfrische der Jugend wie des Mannesalters so gewaltig eingegriffen hatte. Eben so wenig vermogte der Sitz im Herrenhause und das Kronsyndicat, welche die Gnade des verewigten Königs ihm neben dem höchsten Orden der Monarchie im Jahre 1856 verlieh, ihn zur activen Betheiligung an der Gesetzgebung zurück zu führen.

Was ihm blieb, als die Schatten des Lebensabends tiefer und tiefer hereindrangen, das war die edle theilnehmende Freude an dem Fortschreiten und dem Wirken Anderer in der Lebensluft der geliebten Wissenschaft. Dieser edlen Freude an dem wissenschaftlichen Streben Anderer und dessen Erfolg entsprach die zartsinnige Huld des jetzt regierenden Königs Majestät, der schon als Prinz-Regent das Kanzleramt der Friedensclasse des Ordens pour le mérite nach dem Tode Alexander's von Humboldt in Savigny's Hände zu legen geruht hat.

Einmal aber sollte die scheidende Lebenssonne noch hell und freundlich aufleuchten. Bei der Feier des funfzigjährigen Bestehens unserer Hochschule hatte der Jubelrector Savigny's in Worten gedacht, die wir heute allein nur noch auf ihn selbst beziehen können. „Zählen wir es, sagte er, zu den Glücksfällen, daß wir mit den abgeschiedenen Koryphäen, als ersten Gründern der Universität, doch noch dieses Einen lebenden und bei uns weilenden als eines großen Amtsgenossen gedenken können." Nur wenige Tage später, am 31. October 1861 vereinigte Savigny's zweites noch selteneres Doctorjubiläum, das sechzigjährige, im Familienkreise des ältesten

der beiden ihm gebliebenen Söhne, des diesseitigen Königlichen Ge-
sandten in Dresden, die Abgeordneten der Hochschulen und Akade-
mien, der höchsten Gerichtshöfe und selbst Königlicher Häuser
Deutschlands, um den Fürsten der deutschen Rechtswissenschaft. In
fester Haltung und selbst in solchem Alter noch immer ein Bild
würdevoller Männlichkeit, mit dem Ausdrucke innerer Bewegung und
stiller Freude über die geräuschlose aber desto innigere Theilnahme
erschien der hohe Mann unter den Glückwünschenden und wer die
edle Stirn, das milde geistvolle Auge, das reine Profil anschaute,
vergaß, daß 81 Jahre über diese gedankenreiche Stirn, dieses noch
ungebleichte gescheitelte Haupthaar und diese ungebeugte Gestalt dahin gegangen waren. In wenigen schlichten, einfach-natürlichen und
doch so liebreichen Worten sprach er seinen Dank aus. Ich habe
sie aufgezeichnet aufbewahrt und theile sie als Andenken jener Stunde
hier mit: „Im hohen Alter, sagte er, schwinden die Kräfte, eine
nach der andern. Eine Kraft ist mir geblieben, für die ich sehr
dankbar bin. Es ist die Liebe zu den Vielen, die mir in meinem
langen Berufsleben nahe getreten sind, als Schüler und Freunde,
Einige auch als Genossen meines Berufs. Diese sehe ich hier
schön vertreten um mich, unter ihnen auch meine geliebten Söhne.
Ich danke ihnen für alle Liebe, die sie mir bewiesen haben, auch
für die große Freude des heutigen Tages. Ich bitte sie, mir ihre
Liebe auch in der kurzen noch übrigen Zeit meines Lebens zu be-
bewahren."

Diese Liebe, in welche die frühere ernste Feierlichkeit seines
Wesens sich völlig aufgelöst hatte, und die tiefe innerliche Frömmig-
keit seines Herzens trugen ihm während dieser kurzen Zeit die
schwerste Lebensbürde des hohen Alters, das klare und mit Ruhe
ausgesprochene Bewußtsein: nicht nur Andere, sondern auch sich
selbst überleben zu müssen und überlebt zu haben.

Als ich im October vorigen Jahres nach Berlin zurückkehrte,
empfieng mich die Nachricht, daß Savigny seit einigen Tagen leide.
In banger Ahnung eilte ich zu ihm — es war derselbe Jahres-
tag, an dem ich einst meinen Vater verloren hatte — ich fand den
geliebten Lehrer an der Schwelle des Lebens, ein Lungenschlag
stand jeden Augenblick bevor. Aber klarsten Geistes, die Leiden
der hinsinkenden Natur kaum einer Beachtung würdigend, hatte
seine selbstvergessene hohe Seele nur Worte der rührendsten Freude
des Wiedersehens und der liebreichsten Theilnahme für Andere und

selbst als bereits die Sprache den Dienst versagte, für Jacob Grimm, der noch nach mir eintrat, noch den Blick und den
Händedruck der scheidenden Liebe.

Die treue Gefährtin seines langen Lebens und Pflegerin seines Alters, zwei von seinen sechs Kindern haben ihn überlebt und eine
Enkelschaar, welche aus den beglückten Ehen dieser beiden Söhne
aufblühte, und noch sein sterbendes Auge erquickte, schmückte den Fa-
milienkreis, dessen hochverehrtes Haupt er war.

Der großartige Apparat seltener höchst werthvoller Handschriften und Ausgaben, die er unter einer Gunst der Umstände,
welche nicht leicht wiederkehrt, während vieler Jahre gesammelt
hatte, war unter Vorbehalt des Eigenthumsrechts bereits im April
1848 der Königlichen Bibliothek zur Benutzung übergeben worden.
In Folge eines Codicills vom 26. Mai 1852[*7]) fällt dieses Eigen-
thumsrecht unserer Königlichen Bibliothek als ein Vermächtniß an-
heim, mit der Bestimmung, sie als ein Ganzes für Gelehrte seines
Faches und seiner wissenschaftlichen Richtung möglichst nutzbar

---

*7) Die betreffende Klausel lautet wörtlich:

„Unter den alten Ausgaben und Handschriften, die ich während vieler Jahre
gesammelt habe, finden sich viele, die in unmittelbarer Verbindung mit meinen
gedruckten Büchern stehen, indem sie großentheils als Material oder als Beleg
zu denselben anzusehen sind. Die meisten derselben habe ich im Jahre 1848
nach einem Verzeichniß auf die Königl. Bibliothek gebracht, mir das Eigen-
thum derselben vorbehaltend, aber einstweilen die öffentliche Benutzung ge-
stattend.

Hätte nun einer meiner geliebten Söhne dieselbe wissenschaftliche Thätigkeit erwählt, welcher ich mein langes Leben gewidmet habe, so würde ich ihm
diese Sammlung überlassen haben. Da dieser Fall nicht eingetreten ist, will
ich suchen, die Sammlung als ein Ganzes nicht nur zu erhalten, sondern für
Gelehrte meines Faches und meiner wissenschaftlichen Richtung möglichst nutzbar
werden zu lassen. Zu diesem Zwecke verordne ich wie folgt:

I. Ich vermache die oben bezeichnete Sammlung der Königl. Bibliothek in
Berlin unter folgenden Bedingungen:

II. Die Sammlung soll als eine abgesonderte in einem besondern Raume
aufbewahrt, und es soll jedes Buch durch ein sichtbares Zeichen als Be-
standtheil der Sammlung bemerklich gemacht werden.

III. Der Gebrauch der Sammlung, sowohl in Berlin, als von Seiten aus-
wärtiger Gelehrten, soll denselben Regeln unterliegen, welche für die
ganze übrige Bibliothek befolgt werden.

IV. Auf Kosten der Königl. Bibliothek ist ein Katalog der Sammlung an-
zufertigen und abzudrucken. Mein vieljähriger Freund, der Professor

werden zu lassen. Die Sammlung umfaßt unter andern alle Werke aus seiner Bibliothek, welche die Grundlage seiner Studien für die Geschichte des römischen Rechts und die Interpretation der Quellen gebildet haben.

Nicht weniger als 44 Handschriften, darunter die berühmte Handschrift des westgothisch Römischen Rechtsbuchs aus dem 9. Jahrhundert, ungedruckte Canonensammlungen, Burmanns Collationen zu Martial, die Briefe an Grävius, Leibnizen's Briefwechsel mit Schulenburg von 1704—1713,

178 Bände Glossatoren, zum Theil in Cöln zur Zeit der Auflösung des deutschen Reichs noch roh vom Lager gekauft,

284 Bände Ausgaben der Quellen des römischen Rechts, an der Spitze die seltene Schöffersche Princeps der Institutionen"), beweisen den hohen Werth dieses Geschenks, zu dessen Annahme des Königs Majestät unter dem 5. März 1862 die erforderliche Genehmigung zu ertheilen geruht hat.

Rudorff, wird von mir ersucht, einen dazu geeigneten sachkundigen Mann auszuwählen, der unter seiner eigenen Aufsicht und gegen ein angemessenes, von der Bibliothek zu entrichtendes Honorar den Katalog anfertigt. Gedruckte Exemplare sind an öffentliche Bibliotheken und an namhafte Gelehrte unentgeltlich zu vertheilen, außerdem aber auch, wenn sich dazu Bedürfniß und Nachfrage ergeben sollte, durch den Buchhandel zu verbreiten.

V. Zu den oben bezeichneten, auf der Königl. Bibliothek bereits befindlichen Büchern sind noch 13 Foliobände (theils Handschriften, theils gedruckte Bücher) hinzuzufügen, die ich bisher bei mir zurückbehalten habe, und die in meiner Wohnstube, zunächst der Bibliothek, in einem Fache beisammenstehen. Am Anfang derselben steht das Digestum novum Romae 1476, am Ende der Reihe steht Placentini Summa in Codicem, mit handschriftlichen Collationen.

Berlin, den 27. Mai 1852.

gez. Friedrich Carl von Savigny.
Staatsminister a. D."

*) Savigny hatte in Frankfurt einen seltenen römischen Juvenal ohne Jahreszahl um einen geringen Preis erstanden. Ein Agent, welcher für die Privatbibliothek des Königs Georg III. von England seltene Incunabeln sammelte und seinerseits die Schöffer'schen Institutionen — wenn ich mich recht erinnere, das Fürstlich Palm'sche Pergamentexemplar in Regensburg — erworben hatte, bot ihm diese zum Tausch an. Fournier (dictionaire bibliographique p. 284) giebt den Auctionspreis auf 1880 Livres, also gegen 470 Thlr. an.

„Ob aus den bei seinen Vorlesungen gebrauchten Heften, aus seinen Adversarien und sonstigen handschriftlichen Aufzeichnungen Einzelnes zum Abdruck zu verarbeiten sein dürfte," ist eine Frage, deren Entscheidung er in einer weitern letztwilligen Verfügung meinem Ermessen anvertraut [**]). Daß es dabei auf die Vermehrung des eigenen Nachruhms nicht abgesehen ist, würde, wer Savigny's Sinn nicht kennt, aus dem Schlußwort seines Systems ersehen können, welches also lautet: „Wenn dann über der neueren reicheren Entfaltung die gegenwärtige Arbeit, welche dazu den Keim darbot, in den Hintergrund tritt, ja vergessen wird, so liegt daran wenig. Das einzelne Werk ist so vergänglich, wie der einzelne Mensch in seiner Erscheinung, aber unvergänglich ist der durch die Lebensalter fortschreitende Gedanke, der uns Alle, die wir mit Ernst und Liebe arbeiten, zu einer großen bleibenden Gemeinschaft verbindet, und worin jeder, auch der geringste Beitrag des Einzelnen sein dauerndes Leben findet." Im Hinblick auf Andere aber wird gewissenhaft zu prüfen sein, welcher Einfluß auf die Jurisprudenz unserer Tage von den einfacheren Aufzeichnungen älterer Zeit erwartet werden darf, die in anderer Form, durch Savigny selbst und zwei

---

**) Der betreffende §. 2 des Testaments lautet wörtlich:

„Die von mir persönlich herrührenden wissenschaftlichen Aufzeichnungen sollen in meiner Familie stets aufbewahrt bleiben, wozu sich wohl Trages am besten eignen dürfte. Dahin sind zu rechnen:

1) Die Handschriften meiner gedruckten Bücher, die Materialien zu denselben, sowie die spätern Aufzeichnungen zu Nachträgen und Verbesserungen.

2) Die von mir gebrauchten Handexemplare meiner gedruckten Bücher, die verschiedenen Ausgaben, sowie die Uebersetzungen derselben.

Dagegen sind in dieser vorgeschriebenen Aufbewahrung nicht mitbegriffen: die vorräthigen rohen Exemplare einzelner Bände meines Systems. Ueber diese mögen meine Erben nach Gutdünken durch Schenkung oder Verkauf frei verfügen.

3) Die bei meinen Vorlesungen gebrauchten Hefte.

4) Mehrere von meiner Hand beschriebene Quartbände unter dem Titel: „Adversaria".

5) Alle übrigen von mir herrührenden wissenschaftlichen Aufzeichnungen.

Es kann die Frage entstehen, ob vielleicht Einzelnes aus diesen Stücken, namentlich aus den Heften, zum Abdruck zu verarbeiten sein möchte. Darüber haben meine Erben den Rath des Professors Rudorff einzuholen, und in Uebereinstimmung mit meiner geliebten Gattin zu entscheiden".

Generationen seiner Schüler ihrem größesten Theil nach schon Ge=
meingut der Wissenschaft geworden sind, während jetzt der Verar=
beitung durch fremde Hand jener Reiz der Gewandung nothwendig
fehlen muß, durch welchen Savigny's Gedanken in Wort und
Schrift ihres Erfolgs überall sicher waren.

Versuchen wir zum Schluß den Grundzug seines Wesens noch
einmal in einem Gesammtausdruck zusammen zu fassen, so erscheint
als der zutreffendste jene Ueberwindung des Egoismus,
welche, merkwürdig genug, in der Umschrift seines Geschlechtswap=
pens: Non mihi sed aliis vorbedeutet ist. Ich verstehe darunter
den Sieg über jene Vereinzelung in Staat, Religion und Wissenschaft,
die den Bürger von Staat, den Volksstamm von der nationalen
Gesammtheit, die Confession [70]), den Lebensberuf, das Zeitalter von
dem höhern politischen, sittlichen, geschichtlichen und wissenschaftlichen
Ganzen absondert, welchem es ein = und untergeordnet ist.

Nach der praktischen Seite dieser sittlich geordneten Welt = und
Lebensanschauung durfte Savigny von sich sagen: „Ich will gerne
in meiner Wissenschaft die tiefere Einsicht und die vielseitigere Auf=
fassung Anderer anerkennen, durch welche ich selbst ja nur gehoben
und bereichert werden kann. Aber in ernster aufrichtiger Liebe zu
meinem Vaterlande, in der Bereitschaft, ihm jedes Opfer der
Selbstverläugnung zu bringen, will ich Keinem nachstehen, wer er
auch sei.“

In intellectueller Richtung aber beruht auf eben jenem Ord=
nungssinn die universale Bedeutung Savigny's für die Rechtswis=
senschaft. Daß das classisch-römische Recht, aus dem Knechtsdienst
gewerblicher Verwerthung erlöst und durch tieferes Verständniß er=
schlossen, für unsre juristische Technik geworden ist und immer mehr
werden wird, was Platon und Aristoteles uns für die Speculation

---

[70]) Verm. Schriften 4, 291 „Und selbst für ein Gemeingut unsrer Nation
dürfen wir sie (die Universitäten) billig halten, so daß es irrig und tadelns=
werth ist, wenn man zuweilen die Universitäten des hier beschriebenen Charac=
ters protestantische oder auch norddeutsche genannt hat. Achtung verdient die
Vorliebe für jedes noch so specielle Vaterland; aber irrig und verderblich wird
diese Vorliebe, wenn sie zum hochmüthigen Verkennen irgend eines Theils der
Nation ausartet, in welcher uns Gott hat geboren werden lassen. Wahrlich,
wir Deutsche haben am wenigsten Ursache, die Risse, welche in unsere Nation
durch ihre besonderen Schicksale gekommen sind, durch eitle Anmaßung noch zu
erweitern.“

auf dem Rechtsgebiete bedeuten, daß ein praktisch lebendigerer Sinn unsere Wissenschaft und ein wissenschaftlicherer Geist unsere Rechts= anwendung und selbst unser Partikularrecht ergriffen hat, das dan= ken wir Savigny. Und wenn die kalte Vereinzelung der deutschen Stämme zu einem gemeinsamen nationalen Unternehmen, wie die Codi= fication des bürgerlichen Rechts jemals den Mut, die Neigung, die Energie und, was die Hauptsache ist, dieselbe Fähigkeit erreichen sollte, wie er sie besaß, so ist er es gewesen, der durch Warnung gegen Uebereilung und durch Erziehung der Rechtswissenschaft die relative Tüchtigkeit eines solchen Nationalwerks gesichert hat.

Seines Gleichen werden wir nicht wieder sehen.

Möge die Höhe seines Sinnes und die Klarheit seines uner= müdlichen Forschergeistes, durch vereinigte Kräfte Vieler fortführend was Eine Kraft begonnen hat, in seiner Wissenschaft fortleben, wie er begehrt und im Gedächtniß seines Volkes, zu dessen edelsten Zierden er zählt, wie er verdient hat.

Weimar. — Hof = Buchdruckerei.